39 Cuentos Del Agua

Migda-El izabeth
Berta Carreres

CRÉDITOS
Todos los derechos reservados

DEDICATORIA
A mi hijo Carlos y
a todos mis nietos

ÍNDICE

PRIMERA PARTE

SEGUNDA PARTE

"CUENTOS DEL AGUA"

TERCERA PARTE

¿TE CUENTO UN CUENTO?

INTRODUCCIÓN

La idea de recopilar en un solo libro todos mis cuentos publicados me ha llegado hoy 26 de junio de 2017. Realmente no ha sucedido nada en especial, simplemente me vino la idea porque, me gustaría tener a mano todos los cuentos – no todas mis obras sino solo los cuentos – en un solo libro. De ese modo habría varias ventajas, la primera el manejo fácil de un solo libro; la segunda que, se pondría a un precio módico y, así para "mis lectores" sería otra opción más asequible. Y, la tercera es que, sencillamente me gustaría verlos todos juntos, pero no revueltos.
Que disfrutes de la lectura.

Migda-El izabeth – Berta Carreres

PRIMERA PARTE

"DE AMOR Y, SOMBRAS"

LA RAZÓN

Había una niña jugando en un jardín, de pronto vio el Amor en el aire y dejando su juego, alargó la mano para atraparle. El Amor se deslizó por entre sus dedos y volaba y volaba. Rozaba sus cabellos y le daba besos en los labios, jugaba al escondite con ella, y ella a la gallina ciega con él.

La Naturaleza toda se regocijaba con aquella estampa.

La niña y el Amor jugaron juntos hasta que vino la Razón vestida de nodriza y se llevó a la niña de la mano.

Enero 1987

EL MIEDO

El hombre dormía apaciblemente y el Amor se paseaba por sus alrededores. Le soplaba al oído alientos vivos, hasta que logró despertarle. En unos instantes le subió en sus alas y le llevó a un lugar donde había un paraíso. Los pájaros cantaban hermosas melodías que jamás sus oídos escucharon. El corazón de aquel bello paraje latía con una fuerza distinta, realmente estaba vivo todo cuanto allí había. Las fuentes emanaban agua increíblemente fresca y limpia.

El hombre, restregando las manos en sus ojos aún soñolientos, acertó a pensar que todo era un sueño, o un producto de su fantasía y no se atrevió a beber en aquellas aguas tan dulces. Sin embargo, al oír el bello trino de los pájaros, quiso entrar en el corazón del paraíso y avanzó unos pasos. Nada más puso los pies cerca, supo que aquello era distinto a cuanta naturaleza él conociera. Pero, inexplicablemente, un miedo le invadió el pecho y dando un paso hacia atrás, se puso a llorar desesperadamente.

-Nunca lo lograré- se decía, bebiendo el sabor amargo de sus propias lágrimas. Soy demasiado cobarde.

Veo ese hermoso paraíso y al tiempo su latido me aterra. Sé que contiene claras fuentes y bebo mis lágrimas. No me comprendo.

De nuevo, el pájaro azul del Amor le subió en sus alas y le llevó a la tierra. Más cuando el hombre puso sus pies en el suelo, volvió a dormirse. El pájaro del Amor siguió revoloteando a su alrededor.

En ningún momento cesaban sus trinos. Sin duda llegaría el día en el que el hombre al despertar desearía con todo su corazón volar en sus alas azules, hacia el eterno paraíso, escuchar sin miedo aquella melodía y beber en lugar de lágrimas, de las fuentes Vivas.   -   FIN

EL EMPERADOR

Había un emperador que era dueño de un imperio de palabras. Aquel imperio era tan grande y poderoso, que lograba traspasar los límites humanos.

Cuando sus palabras hablaban, los vientos se tornaban huracanados y las cosechas que se obtenían de sus tierras eran desbordantes, pero a menudo vanas y de poco significado. Eso sí, debido al gran apoyo del emperador, aquellas palabras eran de una total autosuficiencia y a veces rayaban en la pedantería, provocando una producción cuantitativamente superior a la normal.

Fuera de los límites de aquel reino, había un árbol que ofrecía tres clases de frutos, solo era necesario estar hambriento para comerlos. Recostado en el tronco se hallaba un mendigo. Dormitaba bajo su sombra, cuando acertó a pasar con su caballo el emperador y su séquito.

- ¡Fuera de aquí! - gritaron los hombres del emperador - ¿no ves que nuestro señor tiene hambre y quiere comer de ese árbol?

Rápidamente, el pobre mendigo fue tomado y por los aires, puesto en otro lugar.

-Nunca vi tantas prisas- Acertó a musitar el anciano, mientras observaba callado cuanto acontecía.

El emperador sin siquiera bajar de su caballo se apresuró a alargar la mano para arrancar el fruto. Pero en aquel instante, el árbol se secó y el fruto que estaba al alcance de su mano, se derramó y quedó vacío en el suelo. El emperador se enfureció muchísimo y con grandes insultos a sus lacayos, se alejó del lugar con el hambre in saciada.

Nada más hubo salido de aquellos contornos, pasó por allí un niño. Tenía hambre y se acercó al árbol, pues había visto de lejos que tenía abundante fruto. Cuando hubo tomado el delicioso manjar, preguntó al mendigo si quería compartirlo y como éste dijera que sí, ambos se quedaron a la sombra del árbol, disfrutando de tan precioso tesoro.

Al cabo de un tiempo, volvió a pasar por allí el emperador y mientras los caballos bebían en el río, él contemplaba a los dos, anciano y niño cómo comían y pensó que sin duda él también podría comer. Se acercó y volviendo a tratar del mismo modo al anciano y esta vez también al niño, el emperador se acercó e intentó de nuevo arrancar el fruto. Igualmente se secó el árbol, pero el emperador a pesar de su disgusto, esta vez preguntó al mendigo.

-Dime, ¿por qué vosotros podéis comer del árbol, mientras que yo no, aun habiéndolo intentado dos veces?

Y siguió hablando más y más. Pero cuando el emperador hubo callado, el anciano dijo:

-Tú, con tu grandioso imperio de retórica no has permitido volar en tu reino al pájaro azul de la sabiduría, ni a la golondrina del amor, por tanto, no puedes saber qué se precisa para poder comer de este árbol.

- ¡Vamos, viejo estúpido, dímelo tú entonces! - dijo el emperador cada vez más colérico. El anciano repuso: - No creo que lo puedas lograr en un momento, pero si te vistes de paciencia y humildad, tal vez el silencio…

te lo pueda decir.

- ¡Viejo idiota!, ¿pretendes que un hombre como yo, que ha creado un imperio de palabras, destruya su reino? ¿Qué tipo de alianza tienes con ese árbol, que entre tú y él os burláis de mí no ofreciéndome sus frutos y contestando estupideces?, ¿acaso seas un brujo y lo has hechizado?¡Contesta de una vez por todas o te mandaré decapitar! ¿Qué es lo que se precisa para poder comer de él?

-Silencio, sólo silencio. Aprende a escuchar el silencio de tu corazón y podrás comer de él- repuso el viejo pacientemente.

Los hombres del emperador dieron muerte de una paliza al anciano y éste, en unos momentos, transformó su vuelo, posándolo en cálidos parajes divinos. Mientras que el vuelo del emperador seguía debatiéndose en las abruptas cimas de los fantasmas del hombre.   - FIN

EL ERMITAÑO Y EL AMOR

Había un ermitaño que vivía en la cumbre de una montaña. Sus alimentos se reducían a un poco de agua diaria y hierbas que él mismo se proporcionaba, caminando por las laderas rocosas.

Era un hombre casi sabio, que en su peregrinar por la vida, había llegado a la conclusión de que la soledad debía ser su única compañera, ya que no había encontrado otra más leal.

Aquel ser, vivía pues, con su hermosa soledad dedicándole las mejores horas de su vida. Se dejaba acariciar por ella y contemplaba extasiado, cómo sus faldas se revoloteaban en una danza cautivadora, delante de él, todas las mañanas y las noches.

La tomaba por el brazo y se la llevaba a contemplar las puestas de sol y la luna. Y allí, entre pálidos rayos dorados, se fundía con ella, al caer de la tarde.

Un día se atrevió a alejarse hasta el río sin ella, dándose cuenta de cuánto a su alrededor había. Entonces sintió como si todo él se despertara. Le pareció que se abría cada rincón de su ser, tan sólo con la consciencia de todo lo que le rodeaba. Por primera vez se percibía a sí mismo y aquello, aunque era nuevo para él, le gustaba y le hacía feliz, como no lo había sido hacía mucho tiempo.

De pronto, se halló ante las puertas de su corazón y comprobó que estaban cerradas, entonces se preguntó: -¿Qué podré hacer para abrirlas? -

En ese momento se abrieron de par en par y sintió como una brisa suave y dulcísima, le acariciaba hasta el último rincón de su piel. Era el Amor vestido de Naturaleza.

Aquella aparición era lo más bello que había recibido en toda su existencia, y su cálida voz le hacía sentir una seguridad, hasta ese momento ignorada.

El Amor no se limitó a acariciarle hasta el fondo, sino que lo poseyó de todas las maneras, hasta hacer que ambos se manifestaran en una unidad total. Y le habló calladamente al oído.

-Has de saber- le dijo- que estoy tras tu búsqueda desde hace tiempo, pero tú no me veías, ni me escuchabas. Ahora que te has abierto en tu totalidad, he podido entrar en ti y demostrarte que no estás solo. Y ya ves lo que se siente. Ahora que sabes que te amo y que los dos somos una misma cosa y formamos parte del todo, ya no permitirás que la soledad te extorsione-.

El hombre escuchó atentamente cuanto el Amor le dijo y a partir de ese momento, su corazón y su ser, permanecieron abiertos a aquel bellísimo conocimiento. Dando él de sí mismo cuanto poseía.

El Amor, danzaba ahora con el hombre y le regalaba flores de Sabiduría y cielos de Fuerza, que alcanzaba de otras esferas. El hombre se acostumbró a beber de las fuentes de la vida y no se acordó más de aquella amiga entrañable que fuera la soledad. Y aunque vivía con ella, se daba cuenta de que un Universo entero reclamaba también su atención.   FIN

Marzo 1987

EL PENSAMIENTO Y EL DESEO

Estaban en una sala color púrpura, el pensamiento, sus esclavos y el deseo. El pensamiento y aquel hombre y aquella mujer se afanaban en vestir al deseo Escogieron los tres, las mejores galas y comenzaron a emperifollar a la pobre criatura. Trapos por aquí, colores por allá y un destello de aparente amor, latiendo huérfano en su corazón.

El pensamiento mandaba y ordenaba. No cabía la menor duda que en aquel templo era dueño y señor, pudiendo hacer y deshacer cuanto se le antojara.

Así que quedó compuesto el deseo, el pensamiento mandó que el hombre y la mujer se retiraran, pues el deseo tenía que ofrecer su función.

-Sin duda era un espectáculo extraordinario- dijeron el hombre y la mujer, -pues tanto engalanarse tendría que ser para algo grande y bueno- y no se alejaron mucho, aunque fuera a hurtadillas, querían ver el desenlace de lo que fuera a mostrar aquella fantasía.

El deseo en aquella insólita habitación púrpura comenzó a despertarse. Abrió sus alas que tenía escondidas y se elevó en un gracioso vuelo.

El hombre y la mujer estaban admirados y en un arranque de júbilo comenzaron a aplaudir.

Al instante, todos se despertaron como de un profundo sueño. El deseo se llegó a despertar de tal modo que se introdujo en su forma y estado habitual, ya no era una estrella protagonista. El pensamiento, sin comprender apenas ninguna de sus razones, se tornó blanco y quedó envuelto en un mudo silencio. El hombre y la mujer se tomaron de la mano y entraron radiantes en la habitación púrpura.

El uno al otro se dijo: - "A ninguna fantasía debe someterse el hombre. Tú y yo somos más que pensamiento y deseo. Ven, regocijémonos en esto que hay en esta estancia y que no es más que nosotros dos."

Y así prevaleció el Amor, porque el hombre igual que Dios es AMOR.   FIN

Enero 1987

LA DAMA DE ROSA

Había una dama de Rosa que, en su vanidad, un día, quiso peinar la mirada de la historia. Y se puso a caminar en busca de los útiles necesarios.

Se dio cuenta pronto que lo más imprescindible que debía encontrar era un peine adecuado. Y así fue como comenzó su andadura.

Caminando y caminando un día llegó a un bosque donde habitaba un mago negro. Se adentró en aquella espesura porque pensaba que las cosas no son realmente como se ven, sino que hay un trasfondo. Nada más pisar la oscura hierba, apareció ante ella un enorme monstruo de tres cabezas, que salió de entre las piedras y que por su apariencia hubiera ella jurado que era un árbol.

Echando fuego por la boca y por las narices intentó asustarla, sin embargo, ella no tenía miedo. Inmediatamente salieron de los matorrales un grupo de pequeños sicarios que la ataron y amordazaron.

A rastras fue llevada al interior del bosque e introducida por un subterráneo hasta llegar a un templo de catacumbas y reinsertaciones subhumanas. Le quitaron la mordaza y comenzó a gritar, pero estaba tan lejos de la civilización que nadie la escuchaba.

El monstruo de tres cabezas mientras tanto se había transformado en mitad cuervo negro, mitad hombre y apareció ante ella.

La dama rosa, vestida de color miel, comenzó a perder el fragor de sus mejillas al contemplar la transformación y preguntó:

- ¿Quién eres?

-Soy el príncipe azul que tantas veces has soñado. Voy a engalanar mi casa y mi reino y prepararé los esponsales para nuestra boda. Mientras tanto, vete haciendo a la idea de que te vas a casar conmigo.

La niña dorada, que tenía aún sueños en la mirada, con sus manos atadas, se retorció en sus ataduras e intentó desligarse, pero sin lograrlo.

-No vas a escapar- dijo el maldito cuervo- porque quien entra en mis dominios no escapa jamás de ellos. Estate segura de que serás mi esposa por siempre jamás.

Y diciendo esto último, se alejó de allí dejando a la pobre incauta, creyendo que pronto vendría alguien a rescatarla.

-Pero ¿quién sabía que se encontraba en aquellas condiciones? Nadie sabía nada, excepto un pequeño ruiseñor que la vio entrar en el bosque y que ni ella misma se dio cuenta de que existía. Los demás, amigos, familiares y conocidos, no sabían nada. Todos los días le llevaban comida y agua para subsistir, pero a pesar de eso ella cada día se debilitaba un poco más.

No volvió a ver al cuervo hasta que al fin un día, un grupo de mujeres diminutas cargadas de ungüentos y jabones la condujeron a una sala de baño y pulcritud.

La asearon, la restregaron con estropajos y jabones olorosos y la pusieron a punto, como para una fiesta. La sentaron en un pequeño trono de oropel y le dijeron que esperara. No había nadie allí, sólo ella. Todo el mundo estaba lejos y quién sabe si volverás a ver a alguien alguna vez. Por unos instantes se sintió bien. Después de los malos tratos y la suciedad, no venía mal un buen baño.

Estaba relajada, pero pronto se crispó toda cuando vio aparecer ante la puerta a un hombre con cabeza de halcón.

- ¿Quién eres? - preguntó ella.

- ¿No me reconoces? - contestó el malvado cuervo disfrazado de nuevo- Soy tu príncipe azul, el que tanto has soñado.

-Yo no he soñado contigo, bestia inmunda. Sácame de aquí y déjame salir. No tienes derecho de retenerme.

-Claro que lo tengo y no sólo de retenerte, sino de hacerte mi esposa.

-No lo conseguirás, no me casaré contigo.

-Ya lo verás- comentó por último el cuervo, dejándole con la palabra en la boca y saliendo a toda prisa de la habitación.

A partir de aquel momento ya no estuvo prisionera y podía caminar libremente por toda la sala, pero no podía salir de la habitación. Pasaron nueve lunas y transcurrida la última, volvieron a aparecer las mujeres diminutas para prepararla de nuevo. Otra vez la hicieron sentar en el mismo trono y le dijeron que esperara. Apareció entonces ante ella un hombre hermoso, con ojos tiernos y amorosos, que la habló diciendo.

-Soy un huésped de este palacio, ¿cómo es que no te he visto antes por aquí?

Ella entonces, creyendo en sus palabras, le contó todo lo que le había sucedido desde que llegó al bosque y llorando, él la consolaba.

-Te sacaré de aquí, te lo prometo- le hizo saber él.

Ella, le miró a los ojos y pronto se sintió enamorada. Él no perdió la oportunidad que ella le brindó y la embelesó con sus palabras tiernas y su aparente amor. La tomó de la mano y le dijo: -ven, pues me he enamorado de ti y quiero que nos casemos.

Ella se sintió muy contenta y comenzó a ver que podía confiar en alguien. Se echó en sus brazos y le dijo: -vamos. Había una sala preparada con incienso y velas y una música especial. La dama de oro se preguntaba quienes iban a ser los invitados, pero tampoco le importaba mucho, pues sólo pensaba en su alegría interior de haber encontrado un amigo y al mismo tiempo un compañero para toda la vida.

Se preguntaba también dónde estaría el hombre cuervo y no pudo reprimirse el ansia de saber y dijo a su amado: -¿dónde está el dueño de este lugar, acaso lo sabes?

Entonces, él contestó: -Mira, él ha consentido en casarnos, pues yo le he dicho que estamos enamorados y como ha visto que tú no le amas...

Ella se quedó estupefacta y confusa, pero creyó en lo que él decía. Le tomó de la mano y le siguió hasta el altar, donde les esperaba alguien que parecía un sacerdote, pero llevaba una máscara que le cubría la cara.

-Ves allí está, no tengas miedo. Señaló al hombre con máscara corroborando lo que le había dicho.

Se pusieron ante el altar y aquel hombre-sacerdote los unió en matrimonio. Y los dos se pusieron muy contentos de que aquello sucediera.

Él, después de la ceremonia la tomó en sus brazos y la llevó a una habitación muy bella y llena de color y música donde consumaron el matrimonio.

Pero a los pocos días de luna de miel, ella le dijo a su enamorado: -Vayámonos de aquí, no quiero seguir en este sitio. Y entonces fue cuando el magnífico amante comenzó a transformarse delante de ella en varios personajes. Se hizo monstruo de tres cabezas, hombre-cuervo, serpiente astuta, jabalí. Y ella, espantada, comprendió que había caído en una trampa, una trampa de la que tal vez ya no pudiera salir jamás. Pues se había enamorado.

-No tengas miedo- le seguía diciendo él- te sigo amando, aunque no te lo creas. Y quiero conseguir que tú me ames y algún día lo harás.

Sin embargo, a ella le horrorizaba la idea de seguir amándole y empezó a despreciarle y a odiarle muy profundamente, por todo lo que había hecho en su beneficio.

La dama de rosa comenzó a no comer y a quedarse muy delgada y a maquinar en su mente el modo de escapar de aquella cárcel, pero siempre que encontraba una salida, había un guardián, o una nueva trampa que le impedía la fuga.

Pasó el tiempo y allí descubrió y aprendió muchas cosas que antes ignoraba. Se dio cuenta de que la felicidad se encuentra en las cosas más sencillas de este mundo. Y también se dio cuenta de que su corazón estaba vacío de amor y que sólo ella podía llenarlo, ningún amante, sino sólo ella.

Comprendió también y esto fue lo más importante, que, si el corazón estaba lleno de amor en todos los instantes del día, por todo y por todos los seres vivos de este mundo, lo demás no tenía cabida. Que, si había ternura y amor a todo, nada ni nadie podía dañarla.

Y entonces tomó todo esto y se hizo un hermoso peine de luz que sobrepasaba los estatutos normales y comenzó a peinar su historia día a día. La suya propia, no la de otros.

Y así, aquel monstruo de tres cabezas dejó de asediarla por fin y poco a poco fue construyendo un túnel de esperanza, que a lo largo de los años se fue realizando en los más bellos frutos de paz, amor y armonía.

La dama de rosa comprendió por fin el corazón humano, porque se había adentrado sin saberlo en su propio corazón y tuvo que sacar escombros y malvados seres, para dejar que el Amor verdadero y la sonrisa reinaran en él.

Desde aquel momento ya no fue una dama pintada de rosa, a partir de entonces fue un sueño del Ser hecho verdad. FIN   5 mayo 1995

LA LLAMA DE FUEGO

Una hoguera estalló de risa en un puente de gitanos. Y una de sus llamas fue a parar al corazón del viento, que pasaba por allí. El viento se estremeció al sentir tanto ardor en su pecho. Y se preguntó:

¿Qué puede ser esto?

Pero nadie le contestaba. Se enfurruñó y siguió su camino.

Al poco tiempo, mientras dormía, cayó una tormenta y apagó la llama. Se estremeció de frío esta vez y supo lo que había perdido.   FIN   - 1991

LA CABRA MONTESA

Érase una vez una cabra montesa, que vivía muy feliz en unas colinas. Tenía mucha hierba para comer y era libre.

Un día vino un hombre y se la llevó a la ciudad y allí le dio estudios, le enseñó el arte del comercio y le mandó hacer la primera comunión.

La cabra no se adaptaba muy bien, pero no tenía más remedio que quedarse con el hombre, porque éste le había puesto al cuello una cadena de oro, labrada con brillantes.

El hombre le puso a la cabra el nombre de Ita y así podía llamarla de cualquier forma, porque como en aquella época, todos los nombres terminaban en ita. Unas veces la llamaba E-ita, otras Armen-ita…y así, un sinfín de nombres que le venían bien y nunca se equivocaba.

Cuando hubo terminado el bachillerato, la cabra se echó un novio y al poco tiempo se casó y se marchó de casa del hombre. Vivió feliz con su amado marido, hasta que se dio cuenta, de que ella, no había nacido para freír croquetas todos los días y limpiar culitos de recién nacidos. Y entonces se echó un amante.

Al poco tiempo, vio que el amante tampoco le servía para nada y que este cochino mundo la estaba dejando majareta, con sus mentiras y sus estupideces. Así que tomó la decisión de viajar, por los espacios infinitos de su imaginación y se hizo escritora. Trepó por las laderas más rocosas de la fantasía y trajo consigo, las más dispares historias…y un día, se encontró con el Amor cara a cara.

La envolvió una suave brisa, que no pudo olvidar jamás. Recibió las caricias más sublimes, que nunca hubiera soñado. Conoció el llanto y la risa. Y se hizo dueña de sí misma con tanta ternura, que el corazón se le salía del pecho.

Entonces, la sociedad de postín, comenzó a mirarla con malos ojos y unos gruñían y otros lloraban por su alma pecadora.

- ¡Pobre cabra! – decían los más cercanos a la santidad. Y don perfecto y doña perfección comentaban con sus buenas lenguas.

- ¡Si ya lo decía mi santa madre… las cabras... siempre tiran para el monte!

Así que la cabra se fue quedando sola, exceptuando la compañía de los que la amaban de verdad.

Pero ella se había dado cuenta, de que, en esta vida, es mejor ser legal y no una apariencia.

Vivir el propio destino y no el de los demás. Y que a veces, es preferible ser demonio y ser tú mismo, que ángel para complacer y recibir el amargo y escaso cariño, que otros te ofrecen.

La cabra se estaba quedando sola, aparentemente. Pero lo importante, era que no le tenía miedo a eso que llevaba dentro, aunque fuera un espíritu de cabra, que siempre tira para el monte.   FIN   - Año 1.991

LA NIÑA DE PAPEL

La niña era de papel y se arrugó y se cayó en la papelera.

La señora de la limpieza la recogió al día siguiente y la llevó a su casa. La planchó y se la dio a su hija para que jugara.

Hicieron una cometa con ella y la pusieron a volar. La niña de papel se vio envuelta por los aires y llamó a su Padre: "Padre Dios, dame alas para que pueda ir a verte",

El Padre Dios dio un impulso al viento, que hizo que el hilo de la cometa se rompiera. Y la niña voló en brazos de una mariposa azul, hasta la cuna que su Padre le tenía preparada.   - FIN   - 1991

LA PEREZA

Estaba la pereza rondando a una mujer y le cantaba hermosas y melodiosas canciones. Por escuchar sus cantos, la mujer se descuidaba de sus deberes y no acertaba nunca a ponerse en camino, en busca del Amor.

La Pereza como se sabía muchos trucos, para que la mujer no perdiera el interés por ella, se marchó a un campo para recoger dulzura de la miel y ternura de las flores y así tenerla convencida por mucho más tiempo.

Pero resulta que mientras la Pereza estaba ausente, vino el Interés y saludó a la mujer. Ésta se quedó un poco asombrada, pero al fin lo saludó. El Interés entonces, aprovechó la ocasión y le mostró un gran maletón repleto de utensilios y artefactos interesantes. La mujer se sentó junto al Interés en un recodo del camino y esperó que le mostrara cuanto traía.

Éste, le sacó los libros del mundo y se los enseñó. La mujer se puso a leerlos con mucho entusiasmo y cuando los hubo leído todos, le dijo que quería ver más cosas. El Interés entonces sacó del maletín todos los caracteres de la Tierra y la mujer conoció así a los seres humanos. La mujer le dijo: -Quiero que saques algo más.

Y el Interés entonces argumentó: -Si quieres que te siga mostrando cosas, has de dejarme que me quede contigo.

La mujer repuso: -No puede ser, pues la Pereza es mi dueña y señora.

-Entonces me marcharé.

- ¡No te vayas! - gritó la mujer, -pues, aunque la pereza sea mi dominanta, quiero que estés conmigo, pues tú me has enseñado muchas cosas.

El Interés entonces le dijo: - Está bien, me quedaré, pero con una condición. Me has de prometer que procurarás estar conmigo el mayor tiempo posible. -

Así sucedió y cuando regresó la Pereza de su viaje, la mujer, a pesar de que le había traído aquellos hermosos regalos, no le prestaba mucha atención. Y se pasaba la mayor parte del tiempo en compañía del Interés.

Un día, mientras mujer e Interés estaban en armónica conversación, pasó por el camino la Inquietud y los saludó. La mujer se quedó mirándola, mientras le daba un vuelco el corazón, pues tenía una apariencia muy intrigante. Vestía de negro y tenía un rostro de estrella y en sus manos mantenía un imán.

La Inquietud atrajo con el imán a la mujer, que la llevó por los caminos de las preguntas sin respuesta. La mujer cada día estaba más intrigada y entonces le entró mucha sed de saber, pero veía que ni el Interés, ni la Inquietud podían calmarla.

Se acercó a una fuente donde fluía libremente la Vida y se puso a beber.

Cuando estuvo saciada, le preguntó al agua: - ¿Cómo te llamas?

Y ésta le contestó: -Me llamo Amor-

La mujer, viendo que aquella fuente la había saciado, llamó a sus amigos, el Interés y la Inquietud y los invitó a que bebieran de sus aguas. Éstos, se acercaron y bebieron desenfrenadamente. Entonces el Amor sonrió y cuando hubieron terminado de beber les dijo: -Os doy mi agua, pero nunca podréis saciar vuestra sed, porque vosotros no tenéis necesidad de mí.

El Interés y la Inquietud avergonzados se fueron a dormir bajo un árbol y la mujer entonces le contó al Amor su historia. El Amor la escuchaba y cuando terminó, le mostró un Universo. La mujer se puso muy contenta y le pidió que la llevase donde estaba el maravilloso lugar. El Amor entonces le enseñó el camino y la mujer se puso en marcha, quedándose a vivir al lado de aquella fuente, para siempre.

Al cabo de muchos años, cuando la mujer llegó a la ancianidad, se encontraba bañándose en la fuente, unificada en casi todos los aspectos con el Amor, cuando llegaron a pasar por allí sus amigos el Interés y la Inquietud y le preguntaron:

- ¿Vendrás con nosotros? Pues hemos descubierto un nuevo mundo del Pensamiento que te ha de interesar y agradar.

La mujer, que a pesar de los muchos años no había envejecido nada, se dirigió a ellos con mucha paz y sosiego y les habló.

-Escuchadme, me habláis de un nuevo mundo del Pensamiento. Miradme, aquí no poseo nada, ni siquiera esta agua son mías, sin embargo, ellas únicamente son las que me proporcionan paz y belleza. No necesito los mundos del Pensamiento, para estar llena de lo que estoy. El pensamiento arrugaría mi piel, el Amor en cambio, la rejuvenece. El pensamiento inquietaría mi espíritu, en cambio el Amor, le proporciona Paz. Pues, ¿cómo he de querer pensar? De ningún modo. Sólo en determinadas ocasiones pensaré. Cuando sea necesario.

Mirad, soy vuestra amiga porque me habéis ayudado en mi recorrido, pero ya he encontrado lo que buscaba y no tengo necesidad de vosotros.

Los dos personajes se marcharon sin decir nada más, y la mujer continuó sumergiéndose en las aguas de la Vida.
FIN   - Marzo 1987

LA VIDA Y LA MUERTE

Un hombre iba caminando por una ciudad y unos ladrones le robaron la Voluntad de vivir. Aquel hombre perdió entonces el equilibrio y comenzó a tambalearse. Por momentos se mareaba, hasta que se desmayó. Y permaneció en el suelo sin que nadie se diera cuenta, hasta que acertó a pasar por allí la Muerte, vestida de ataviada princesa y comenzó a cautivarle.

El hombre abrió los ojos y contempló los encantos de la bella dama, sin embargo, dudó antes de marcharse con ella, desistiendo a sus invitaciones. Su fastuosidad y lo complejo de su cohorte le asustaron y decidió esperar.

La dama entonces mandó a dos guardias que le propinaran una paliza y así lo hicieron, dejando al pobre hombre con los huesos molidos.

No había duda, aquella dama sabía muy bien dónde tenía que golpearle para producirle más dolor, y así se lo indicó a sus soldados.

Con esto, el hombre dudó un poco más y cuando esta princesa le propuso de nuevo que se marcharan juntos, él le dijo que había decidido esperar un poco más.

Otra vez, la princesa se enfadó muchísimo y ésta mandó que se encontrasen en el cuerpo de aquel hombre, todos los dolores del primer ser que en aquellos momentos pasase por allí.

El pobre hombre ya se veía sucumbiendo ante el insoportable futuro que le esperaba, cuando vio, que tan sólo era un perro el que acertó a pasar, pero con tan mala suerte, que toda su vida perruna había sido apaleado y despreciado por sus amos.

No tenía remedio, aquella arpía se había propuesto llevárselo, aunque fuera nuevo o desvencijado, y él ya no tenía voluntad propia.

En esos momentos, vio que el perro llevaba algo entre los dientes y como el pobre animal se diera cuenta que lo iban a coger los guardias, dejó su presa en el suelo y salió corriendo como alma que lleva el diablo.

- ¡Es mi voluntad de vivir! - gritó con alegría el apaleado.
Y alargó la mano para alcanzarla.

En esos momentos, un pie se puso encima de aquella voluntad y el hombre no pudo cogerla.

La dama vestida de princesa llamó entonces a sus damas, que la vistieron como para una fiesta.

El hombre ya no tenía fuerzas, todo le parecía que iba a terminar de un momento a otro. El vacío se estaba apoderando de él y sentía miedo. Quería luchar, pero no sabía cómo y lo malo era que tampoco sabía contra quién.

De pronto, una idea le vino a la mente.

- ¡Si quiero vivir, he de desear la vida! -

Y entonces, respiró profundamente y comenzó a recobrar fuerzas, el alma se le iluminó y empezó a sentir cómo fluía a través suyo la energía que le rodeaba. Él mismo era energía ya.

La dama ya estaba vestida y adornada. Dijo a sus criados que se retiraran y se quedó sola con el hombre. Y con ánimo de seducirle, le dijo: - "¡Ven conmigo, pues la Vida no tiene sentido si sólo has de sufrir en ella! Yo te daré compensaciones que están en el plano del ocio, así podrás descansar y no arruinar tu salud trabajando"

En ese momento y sin que nadie se hubiera dado cuenta, se acercó una jovencita y le dijo al hombre.

-No hagas caso de cuanto te diga esa embustera. Todos mis amigos han muerto por su culpa. No hace más que engañar a la gente y así, consigue llevarlos a sus dominios. La vida tiene el sentido que cada uno le da y cada uno puede hacer que su vida sea un auténtico cielo o un verdadero infierno. Por eso, no sólo se sufre en ella. Y las compensaciones de las que te habla, no son más que cadenas que te atarán al mundo. Si has de trabajar, hazlo con Amor y verás que nada te dañará.

-Y no tengas miedo, pues la Muerte es sólo un concepto, más bien un cambio. Pero sólo cambia aquello que puede cambiar, lo que es mutable. Lo verdadero no muere, ni deja de morir. Sencillamente Es. El Amor, la Fuerza, el Conocimiento Son y no necesitan cambios. -

-El fantasma de la Muerte perseguirá al hombre, hasta que éste recupere su primogenitura.

Entonces la Muerte y la Vida ya no serán más, pues estos contrarios sólo corresponden al plano de la Tierra.

-Ahora vete, pues esta arpía ya no te puede retener.

El hombre se dio cuenta que había recuperado la voluntad de vivir, lo que no sabía muy bien era cómo.

Se levantó del suelo y se marchó tranquilamente, escuchando cómo discutían la Vida y la Muerte.

26 marzo - 1987

LA PUREZA

Andaba la Pureza jugando con las estrellas y de pronto sintió que Dios le decía:

-Ha llegado el momento de que el hombre empiece a preparar el camino de regreso hacia su procedencia. Tú irás a ayudarle en este cometido y le traerás a casa.

La Pureza entonces, viajó hasta la Tierra y buscó al hombre. Éste se encontraba muy ocupado realizando trabajos de inventiva, realmente extraordinarios. Y tenía nublado el pensamiento con proyectos para los últimos avances nucleares. Así que, en el primer momento, no pudo reconocerle. Después sí, cuando ya hubo caminado durante un tiempo por el mundo, cayó en la cuenta de que el hombre era aquel. El mismo que había dado ya una serie de pasos positivos en su desarrollo espiritual. Y se encontraba en aquel momento casi dispuesto para recibir la Pureza en su interior.

Ésta se dispuso pues, a entrar por las puertas del hombre, pero cuando llegó a la primera, se encontró que estaba cerrada. Era una puerta grande y según sus informes, esta puerta debía permanecer siempre abierta.

Sin embargo, no era así. A esta puerta la llamaban "La puerta del corazón". Y era una de las puertas más importantes del hombre. Pero no se explicaba por qué razón estaba cerrada.

Se dirigió entonces a la puerta de la garganta y también le ocurrió lo mismo. Vio que también estaba cerrada. No podía ser, ella debía de entrar por algún lugar. La verdad es que no se imaginaba que tal empresa fuera a ser tan difícil.

En fin, como ya no tenía entradas que inspeccionar, pensó que lo mejor era quedarse quieta. A ver qué pasaba.

Se instaló cerca de él, eso sí, pues debía estar atenta y se dispuso a esperar.

Al cabo de tres largos días, un ruido extrañísimo la hizo sorprenderse. - ¿Qué ocurrirá? Se preguntaba a sí misma.

El hombre se había puesto a luchar consigo mismo y con los demás por una causa: la liberación de sus males.

-Qué cosa tan extraña- se decía la Pureza- sin embargo, he de estar aquí hasta que se pueda entrar por las puertas del hombre.

-En fin, esperaré.

Y lo que había ocurrido era que había llegado el Amor, el cual con toda intención había provocado tal efecto de lucha.

- ¿Qué por qué razón? Pues muy sencillo, porque había una causa que liberar y ello eran las puertas del hombre. Y si no se luchaba, no había manera de que todo volviese a su ritmo natural. El hombre ya estaba luchando por fin por su libertad. Sólo necesitaba un poco más de tiempo para que pudiera emprender el camino de regreso a casa.

La Pureza estaba muy quieta, observando cuanto acontecía. Veía al Amor que entraba y salía a veces por el hombre y no se podía explicar por qué, si tenía las puertas bloqueadas. Sin embargo, cuando el hombre cerraba definitivamente sus puertas, ya ni el Amor podía entrar a él. Y era una pena, pues el Amor tenía unas semillitas que iba esparciendo y cuanto más tiempo permanecía en un ser humano, más se multiplicaban y reproducían las semillas del Amor.

Con tal efecto, que el hombre en su totalidad comenzaba a cambiar. Se habría y se habría, hacia el cosmos y hacia todos los seres.

Sí, realmente, era el único modo de abrir las puertas del hombre. Con el Amor quedarían abiertas de par en par. Las puertas del cuerpo, las puertas de la mente y las del espíritu.

Sin embargo, para recibir al Amor había que estar realmente predispuesto. Porque el Amor no entraba por cualquiera. Uno, tenía que tener verdadero interés por Él. Tenía que mirar y sentir con todo su ser a la naturaleza entera. Y del mismo modo que la naturaleza toda estaba impregnada de Amor, el hombre también lo podía estar.

La Pureza empezaba a comprender aquel ciclo mágico. Supo entonces que debía esperar un poco todavía hasta que los efectos del Amor dieran su fruto.

-Así es que es tan sencillo- se dijo- sólo es necesario un pequeño interés en observar y sentir todo lo que hay fuera y dentro del hombre.

Claro que yo no soy hombre y no puedo saber lo que siente. Ni sé si tiene interés o no. Aunque parece ser, hasta ahora no ha tenido mucho.

Mientras el hombre luchaba por su libertad, la Pureza observaba y pensaba. Sin duda, aquel cometido, le estaba proporcionando experiencias y sensaciones desconocidas.

El hombre comenzó a darse cuenta de que tenía que sentir con todo su ser todo cuanto le acontecía. Pues en tiempos pasados muy lejanos, así fue.

Y por una causa que ahora todos desconocían, se hizo pensante.

Caminó durante un tiempo por los caminos de su mente únicamente, hasta que su conciencia le alertó de los posibles peligros que eso suponía.

Pues no sólo debía de caminar el hombre por los caminos de su mente, sino también por los de su cuerpo y por los de su espíritu. Y todos estos caminos en sí, son inmensos y eternos. Y uno no debía de olvidar ninguno. Pues los tres aspectos de su ser son de la misma importancia, tanto el primero como el tercero, como el segundo.

Cuando el hombre sintió con todo su ser, los bloqueos que tenía obstruyendo sus puertas, comenzaron a disolverse. La energía comenzó a fluir libremente por los mares y los ríos de éste. Y todo él sintió como una cálida sensación que le invadía.

Entonces penetró el Amor por todos los poros de su piel y se deslizaba por los ríos de sus venas y se acunaba en su pequeño corazón.

Al fin, el hombre comenzaba a ser libre. Pero ya no era una libertad social o física. No, aquella libertad era mucho más amplia. Era una libertad personal porque había tenido una lucha consigo mismo, para convencerse que tenía que aflojar las tensiones. Y que ya era hora de que se dejase llevar por el agua del Gran Río. Que por más agua que hubiese, no se iba a ahogar.

De todo aquello tuvo que convencerse a sí mismo. Pero al fin, comprendió que la naturaleza vive y no tiene voluntad. Y resplandece al mismo tiempo en su voluntad de ser y de manifestarse. Todo es, sencillamente. Porque todo pertenece al Uno.

El hombre había logrado derretir sus bloqueos, había abierto sus puertas y el Amor circulaba libremente por él.

Cuando el Amor, la Energía Cósmica Universal, se deslizaba por sus venas y por todo su ser, llamó a la Pureza y ésta entró por sus puertas.

Cuando la Pureza estuvo en el interior del hombre, a éste le invadió una sensación de vacío y plenitud al mismo tiempo.

El hombre, claro, quiso saber qué era la Pureza y se puso a sentirla.

Ella, entonces comenzó a deslizarse por el hombre como viera hacer al Amor y entonces el hombre sintió que todo su ser se renovaba y se llenaba de gozo. La Pureza FUE entonces, por la ausencia de bloqueos, por la ausencia de maldad, porque el hombre ya estaba libre. Y ambos, Pureza y hombre, se regocijaron juntos.

Al poco tiempo de haber abierto sus puertas y de que el Amor y la Pureza habitaran las grandes extensiones del hombre, el Conocimiento y la Fuerza hicieron su aparición.

El Conocimiento y la Fuerza también le ofrecieron al hombre sus dones y éste los recibió como nunca lo hubo hecho.

Y así fue como el hombre poco a poco, tuvo conocimiento de que para construir el camino de regreso hacia su procedencia, le era necesaria la Pureza.

Y con el Amor, la Sabiduría y la Fuerza, a lo largo del tiempo fue haciéndose uno con el TODO.

Porque ahora ya sentía con todo su ser que formaba parte de Dios.   FIN

31- agosto 1987

LA MARIPOSA AZUL

Había un pueblo entre pinares, con cielos escondidos, lunas desnudas y azahares. Era un pueblo donde las gentes acababan de beber un dulce verano. Pero en el fondo de la copa de los calores, se dejaba vislumbrar un hálito de otoño. Aparecían las transparencias de una lluvia precoz, en el fondo del vaso. Y empujaban maleducados los primeros vientos.

No me molestes, que quiero salir primero – se decían unos a otros. Y al final, en un atropello salían todos de un tirón y destrozaban cuanto encontraban a su paso.

Casi estaban a punto de besarles los inviernos. Pero primero el beso, luego la copa trago a trago, hasta apurar todos los fríos.

Aquellas buenas gentes sabían lo que les esperaba, después de aquellos tragos de dulce calor. La dama de las nieves los visitaría posiblemente, como todos los inviernos y las aguas lloronas inundarían los caminos y los valles. Con toda certeza y como en años anteriores, tendrían que construirse caparazones nuevos. Aquello ya no les gustaba tanto, pero había que hacerlo. Era la costumbre y así había sido año tras año.

Un día, el último del verano, acertó a posarse en uno de los pinos, una mariposa azul. Y como vieran las gentes del lugar, que no era común en aquellos parajes tal colorido. Unos a otros se preguntaban que ¿de dónde habría salido? pero como era de imaginar, nadie obtenía respuesta. Hasta que optaron por acercarse y preguntarle a ella directamente. La mariposa, tras hablar con ellos sin reparo, les confió un secreto.

Si os mojáis con el agua de las lluvias lloronas, os crecerán las alas y podréis volar como yo lo hago.

Los personajes del pueblo rompieron sus caparazones y esperaron las lluvias frías del invierno. Dejaron que las aguas calaran sus espaldas y en ellas comenzó a crecer moho. Pasó un tiempo y todos estaban disgustadísimos con la mariposa azul, pues creían que los había engañado.

Cierto día, cuando ya las espaldas estaban repletas de verde musgo, apareció la linda mariposa cantando.

No me echéis a mí la culpa – dijo la mariposa después de escuchar sus quejas – pues habéis sido vosotros, que, con vuestras prisas, no os habéis dado cuenta de que el agua la teníais que beber y no echarla sobre vuestras espaldas.

La mariposa azul se volvió a marchar y al siguiente otoño, apareció de nuevo, comprobando que una pequeña minoría de aquellas buenas gentes, tenían sobre sus espaldas unas hermosas alas. Mientras que el resto, dormía acurrucado bajo su caparazón.   FIN

Agosto 1986

UN CUENTO PARA BORGS

El príncipe Jorge Luís miraba a Purpa, la estrella de Jade (el planeta eterno) en silencio. Aquella tarde de colores rosados, se le había tornado desamable y extensa. Purpa recogía los rayos furtivos de la luna y se los ponía en el pelo. Ella también lo miraba, tenía mucho que contarle, pero la tarde no estaba para cuentos.

 En el castillo y a media asta, revoloteaba la bandera del reino.

- ¡Ha muerto el rey! – se deslizaba la voz entre los muros, por las callejas.

- ¡El mejor soberano! ¿Qué va a ser de nosotros?

Los lutos se extendían por el valle, hasta las flores estaban oscuras de pena.

- ¡Y ahora, no podremos tener su sonrisa más que en el recuerdo!

- No, amigo paje – Dijo Purpa.

- En la madrugada ve y recoge la primera sonrisa del viento. Entre sus alas se mece la de tu rey -.

El paje se quedó pensativo, tenía varios caminos frente a sí y no sabía por cual decidirse. Al fin, se decidió por el de las adelfas de coral. El perfume de aquellas flores realmente embriagaba los pensamientos. El paje tomó su camino y entre melodías y colores, encontró un amanecer perfecto. Allí esperó una noche. Mientras tanto.

- Ya ves Jorge Luis, te buscan - le habló Purpa al príncipe.
- Sí, es mi pequeño paje. Aquel que encontré un día, bajo la sombra de una encina blanca. Estaba medio desnudo y su estómago poco atareado. Le ofrecí mi casa y él…me regaló su corazón. Ahora no entiende qué me ha ocurrido y a pesar de todo, quiere encontrarse con su rey.
- Debes decirle que ya no eres rey de un mundo mortal – dijo Purpa
- Ahora solo eres príncipe de sueños y valles secretos. Aunque tienes que saber, que realmente ahora, puedes dejar volar tu pájaro de libertad, para que se alimente con el néctar de las estrellas y recoja el aroma celeste e impregne sus alas de él. Así después será más fácil,
cuando vuelvas a empezar, te será más corto el camino. Pero a él, dile solo que ya no eres su rey, para que se sienta libre. Que ahora él ya puede crear por sí mismo.
- No sé, no me podrá escuchar – replicó Jorge Luis.
- Si vas a encontrarte con su amanecer perfecto, seguro que podrás hablarle.
 La noche se había enredado con la espalda del sol y había dejado su rosario de estrellas, en el envés de la mañana. Sabía por más que le doliese, que los ritmos eran los ritmos y a pesar de todo, tenía que seguir siendo contrario. La noche, a veces, era clara y hermosa.

 En aquel camino de adelfas de coral, con aromas cálidos y estivos, resucitó de un sueño el pequeño paje, llevando consigo el anhelo de la sonrisa de su rey. Cuando subió a encontrarse con el viento desplegó sus alas en la noche, para poder descubrir mucho más hermoso el amanecer. Y allí, casi en los brazos de las estrellas, pudo recoger la primera sonrisa del viento. La rozó con sus labios y en aquellos momentos, fue testigo de la presencia de su amado soberano.

- Querido niño – dijo el rey Jorge Luis – tengo que comunicarte algo.

Desde ahora serás libre, pues yo, ya no seré el rey de tu mundo mortal. He dejado de serlo para poder ser príncipe de otras esferas. Viajaré errante por diversos mundos, buscando tal vez, el alimento para un nuevo corazón. Hasta que vuelva en busca de mi princesa "Estrella-corazón y pájaro", que es la única que puede ofrecerme un trozo de libertad en su copa de plata. Hasta ahora aprendiste cuanto te enseñé, como hijo abnegado y predispuesto. A partir de este momento, tú solo eres tu responsable. Sé creador de tu propio destino, pero, sobre todo, no te detengas y no mires atrás.

- Recordaré siempre tus enseñanzas, mi rey, hasta que pueda viajar a tu lado, quizá en busca de los últimos reinos. Tal vez para entonces, ya empecemos a formar…Uno. No te olvidaré nunca.

- Hasta pronto, querido hijo.

- Hasta pronto mi rey.

El príncipe Jorge Luis volvió a mirar a Purpa, la estrella de Jade. Sentía que acababan de regalársele los últimos momentos de estancia en su mundo mortal. Conocía las leyes y las respetaba. Pero también sabía que a partir de ahora sería todo distinto y hermoso. Tan hermoso como el empezar a volar.

Y fue hacía un valle mágico, donde no caben las dudas, las cavilaciones o el desamor. Sabía que, en dicho lugar, sin apenas darse cuenta, uno puede tomar el secreto de las estrellas, una melodía, un latido o un susurro de mar….y construir una bella cabaña para amar.

Puede lanzarse a volar con los pájaros, hacía las abruptas cimas del sol para traer a sus lagos, nenúfares dorados de libertad. O tomar un pincel y con colores de arco iris, pintar un amanecer eterno en sus ojos.

Uno sabe a esas alturas, que ahora ya puede soñar el sueño del amor en los hombres. Adentrarse en los mares puros de la verdad. Escuchar el eco de la vida y del amor, para ponerlo en su corazón y sentir, sobre todo sentir ese amor que envuelve el cosmos, en toda su potencia. Porque uno ya es amor con todas las cosas.

 Las hebras de plata de una luna sin noche caían sobre la frente de Jorge Luis. Los colores rosados de la tarde seguían haciéndola extensa. Purpa jugaba con la luna y con el pelo del príncipe inmortal. Al fin pudo contarle a Borgs, aquella historia que tenía que contarle, a pesar de que la tarde…no estuviera para cuentos.   FIN

ETERNA JUVENTUD

Una mañana de julio, en una cabaña de un bosque, nació una niña que supuso la alegría de sus padres, pues eran ya algo mayores y no habían podido tener hijos hasta entonces.

Con el paso del tiempo, todo el mundo se daba cuenta de que la niña tenía algo especial, que nadie podía explicar. Y aunque la niña no era muy bonita, llamaba la atención, cuando paseaba por la aldea cercana, o por los alrededores.

Un día, la pequeña paseaba por el bosque y se acercó al lago. Se arrodilló y se inclinó para ver su carita en las aguas y tanto le gustó que se quedó mucho rato contemplándose en aquellas aguas. De pronto alargaba la mano, tocaba el agua y rompía su quietud con los dedos. De nuevo volvía a esperar pacientemente a que se recompusieran los pedazos de su cara.

La niña era amante de la Naturaleza y pasaba muchas horas contemplando el valle desde lo alto de las montañas, o el transcurrir del río hacia abajo. Cuando paseaba, se detenía a charlar con las flores y los pájaros y estos se posaban en sus hombros sin miedo.

Cuando sus padres la veían se llenaban de contento, pero se empezaban a preocupar por su falta de belleza, pues pensaban que cuando fuese mayor, no encontraría marido.

Pasó el tiempo y los padres de la niña murieron pues eran ya ancianos.

Un día que la niña regresaba del bosque, algunas mujeres mayores de la aldea se le quedaron mirando, pues le notaban algo extraño. Pronto se corrió la voz y la niña era vista con cierto recelo, por lo que ella decidió no ir muy a menudo a la aldea. Así que pasaba la mayor parte del tiempo en su casita de las montañas y en el bosque.

Otro día, sin que la niña se diera cuenta, un grupo de mujeres y hombres decidieron espiarla, para ver lo que hacía. Pero cuando llevaban la mitad del día siguiéndola, se dieron cuenta, de que nada extraordinario hacía.

Cuando llegó la tarde, la niña se encaminó hacia el lago y hacia allí se dirigieron todos en silencio. Cuando llegaron, desde el otro lado de una roca, se pusieron a observarla. La niña no hizo más que mirarse un rato en el lago y después jugar con los pajarillos y los árboles.

Lo que sí les pareció extraño fueron las carcajadas que emitía y las carreras que daba para esconderse detrás de los arbustos, como si jugara con alguien.

Enseguida aquellas gentes de retorcida mente pensaron que estaba endemoniada. Pasaba el tiempo y la niña adquiría hermosura y las gentes cuando tenían ocasión de verla se extrañaban mucho. Y nadie, absolutamente nadie, era capaz de resistir su mirada.

Las mujeres cada vez más intrigadas, decidieron traerse agua del lago con sus cántaros, para lavarse, ya que pensaban que así lograrían la misma belleza que la niña.

Pasó el tiempo y a pesar de que las mujeres se lavaban todos los días con el agua, ésta no les producía ningún efecto.

Y un día, cansadas de no obtener resultados, rompieron los cántaros contra el suelo y se fueron a ver a la niña. Cuando llegaron a la cabaña se pusieron a hablar todas a una y no se les entendía nada. La niña estaba muy asombrada, pero no podía resolverles nada, pues no sabía que es lo que querían.

Al fin todas se callaron y habló una de ellas, preguntándole qué hacía para obtener la belleza.

La niña les contó cuanto hacía durante el día y cuando iba al lago. Pero ellas no vieron nada extraordinario que pudiera inducir a pensar que de ello se pudiese obtener belleza. Así que con nuevas discusiones y refunfuñando, se alejaron hacia la aldea.

Pasaron los años y la niña se hizo una hermosa mujer. Y pasaron muchos más años y la hermosa mujer no envejecía.

Las mujeres de la aldea ya estaban ancianas, sin embargo, seguían preocupadas por aquella cuestión que no podían comprender. Un día, movidas por la terrible envidia que las tenía consumidas, decidieron hablar con los hombres y formar un consejo para culpar a la bella mujer de brujería.

Avisaron a la hermosa mujer con un mensajero y ésta se presentó el día señalado. Cuando le preguntaron, ella muy tranquila contestó: -He vivido siempre en contacto directo con la Naturaleza. Estamos tan unidas que somos como hermanas y he llegado a conocerla de tal modo, que no hay secreto en ella que no conozca. Pero no creo que lo que vosotros queréis saber, tenga su secreto en alguna planta o en lago alguno. El secreto de la belleza y de la juventud está en nuestro corazón. Y sólo mirando hacia dentro de nosotros mismos, podemos encontrar la fuerza que nos puede transformar.

Mis padres me enseñaron a contemplar y a amar todo cuanto hay a mi alrededor.

A las personas, a los animales y a la Naturaleza. Así que, si hay algún secreto, debe de estar en el Amor. -

Aquellas gentes pensaron que se estaba burlando de ellos, pues no comprendieron una sola palabra de cuanto decía. Y con el ocaso del día siguiente la quemaron por bruja. FIN   - 11-junio-1987

EL SOL Y LA CIGARRA

Estaba el sol en su cuna dormido y vino un ángel y lo despertó diciendo: - tienes que ir a ver a los hombres porque están muertos de frío. El sol se animó y se escondió entre las nubes, porque tenía miedo de dañarlos de golpe. Mientras tanto, la luna había hecho su agosto, regando todas las plantas de la Tierra, así que buscó un lugar para esconderse, ya que no había más nubes.

La playa estaba mojada y los árboles también, de modo que se dijo: - Voy a fortalecerles. Y salió esplendoroso por un lugar donde nunca salía.

Los hombres se asustaron de ver salir el sol por el lado que no era y murmuraron cosas extrañas de él. Entonces el sol se separó de ellos y regresó a su cuna y allí se durmió otra vez.

Qué calamidad – se decían unos a otros – si hubiera puesto algo más de fuerza.

Pero el sol respiraba la dulce fragancia del sueño, sin saber que los hombres habían perdido de nuevo lo que más falta les hacía.

Terminaron de llorar los hombres y vino una cigarra a cantar bajo sus balcones. Escucharon su canto y tomaron agua y le escupieron, de modo que no pudo cantar más.

Metidos en sus casas no se daban cuenta de que el Amor había pasado tan cerca que les rozaba, sin embargo, ellos, no quisieron escucharlo.

Vestidos de luto se rindieron a las caricias de otro mundo, que les esperaba para alzar sus cantos de agonía.

- Sevilla 3 marzo 1991

EL HOMBRE Y EL SUEÑO

Érase una vez un hombre que tenía guardado en un cofre un sueño. A veces lo sacaba para contemplarlo y lo miraba y miraba muy detenidamente. Después lo volvía a guardar, cerrándolo en el cofre con mucha suavidad, por miedo a que se deteriorara o pudiera dañarse.

Un buen día, la contemplación del sueño le llevó a tal éxtasis, que decidió hacerlo realidad.

Se puso a pensar a partir de entonces, en los pros y los contras de sacarlo de aquel encierro. Y al final, decidido completamente, lo sacó y lo llevó a la calle. El sueño empezó a tener mala cara, porque la ciudad no le gustaba y fue cuando le dijo a su creador: Mira, tendrás que tomarme de la mano y llevarme al lugar donde tomaste las ilusiones para forjarme.

El hombre pensó que aquel sueño tenía parecer propio y estuvo a punto de enfadarse con él. Pero no lo hizo, pues lo que más deseaba era que aquel sueño se hiciera realidad. Así que cerró su casa y marchó con el atrevido sueño de la mano.

Cruzaron valles y montañas. Noches enteras tuvieron que dormir a la intemperie. Soportaron ambos la escarcha fría, los inviernos crudos, las nevadas cortantes, los calores asfixiantes... y por fin, llegaron a una aldea. Era pequeña, pero verde y hermosa. Sus casitas blancas sobresalían en la ladera de una montaña. Abajo, tras un camino de naranjos y palmeras, se abría una ventana oceánica. El mar azul semejaba una bella alfombra.

Cuando hubieron llegado, el hombre le dijo al sueño: - ¿Recuerdas? Aquí entre caracolas y azahares, te forjamos.

De dos manos unidas naciste hacia el espacio. Revoloteabas sin cesar entre nosotros, como un niño hambriento. Querías llevarnos en tus alas hacia universos eternos. Pero... había cosas que hacer de más premura. Y aquella mano, se separó de la mía y la mía no fue a buscarla.... más, te atrapé con un suspiro, mucho antes de que te dieras cuenta y te encerré en aquel cofre de oro. Pero un día, comencé a estar exhausto de la muerte, de aquel cuarto enmohecido, gris y frío. Te confieso que pudiste haber muerto conmigo. Ahora nos hemos salvado los dos y gracias, gracias a aquel día desesperado.

Sueño, quiero verte revolotear de nuevo. Henchir mi corazón de viejo. Hoy quiero subir contigo hasta los montes y más allá de lo cuentos. Hoy tengo fuerzas para no soltar las manos, porque tú, sueño, durante tu encierro, me enseñaste que podía tomar el Amor, en cualquier momento.   FIN

Agosto 1986

EL GAVILÁN Y LA PALOMA

Había una paloma en un nido y vino un gavilán a molestarla. La paloma se alejó del nido en busca de ayuda. Y volando, se encontró a un hombre que le inspiró confianza. Se posó cerca de él y le habló. Pero al hombre no le gustaban las palomas y la espantó.

La paloma siguió volando y un día recibió la noticia de que había un lugar donde las palomas no eran molestadas jamás por los gavilanes, ni por nada. Pero ella no sabía ir a ese lugar y se perdía cada vez que intentaba el camino.

Al poco tiempo apareció un niño por el lugar donde se hallaba la paloma y los dos se hicieron amigos.

Miraban la forma de hablarse el uno al otro, sin conseguirlo, hasta que un día, caminando, llegaron a un jardín.

Y la paloma, posándose en la puerta dijo: "Si tuviera que hacerme un nido, lo haría aquí, entre tanta belleza". Y el niño dijo: "Si tuviera que elegir un lugar para mis juegos, sería este, entre tanta armonía".

Y el niño entró en el jardín, pero la paloma, aunque quería entrar, no podía. El niño la buscaba para jugar y no la hallaba.

Estando la paloma en la puerta del jardín, apareció el gavilán y le dijo: -"No poses tus pies ahí, pues la muerte te espera".

Pero la paloma no le hacía caso, y seguía queriendo entrar.

Entretanto, el niño se paseaba arriba y abajo del jardín, contemplándolo, y en busca de su amiga.

Sin cesar de llorar, la paloma gritaba: -"Quiero entrar!", Pero, aun así, no lo conseguía, había como un muro que se lo impedía.

Al poco tiempo, mientras los dos (niño y paloma), andaban cabizbajos buscando una solución, tuvieron una idea.

-"¡He resuelto el problema! dijeron a coro. Si vamos los dos juntos…será posible.

Y se llenaron de gozo al descubrir que había una solución para que pudiera estar la paloma en el jardín.

Sin embargo, no sabían cómo llevarlo a cabo, se intentaban tomar de la mano y no podían, de volar juntos y tampoco.

-¿Qué hacer?

Así anduvieron un rato, hasta que las prisas soltaron sus primeras carcajadas. Entonces enmudecieron y se pusieron a observar qué pasaba.

En su deseo de hallar una solución para entrar en el jardín, habían olvidado algo, el Amor (con mayúsculas), y al fin, uno de ellos dijo: -"No debemos seguir así, con esta ansia, pues lo que realmente importa es lo que llevamos dentro.

Una paloma y un gavilán no pueden entrar juntos al jardín, pero un niño y una paloma sí.

No busquemos más la puerta de afuera, porque el Amor nos está diciendo que no hay puertas. La vida misma contiene todas las puertas, que están abiertas de par en par, para aquellos que aman realmente".

El rocío de la mañana los cubrió y juntos traspasaron el umbral de la puerta del jardín de la Vida.   Fin

AMAR LA NATURALEZA

Los hombres vivían en un mundo mecánico. Habían construido rascacielos tan altos como la luna y no dejaban pasar el sol. Las calles eran grises y mohosas, húmedas y frías.

Los seres humanos eran blancos y duros y, se les había denominado en otros universos "Los hijos de la nieve". En realidad, porque sus mentes se habían paralizado en un punto nebuloso.

Con los últimos adelantos del progreso tenían construidas sus casas de tal manera que, desde el mismo hogar podían disponer de cualquier comodidad, con solo apretar un botón podían acceder a cuantos avances técnicos desearan. Como servicios a domicilio, comunicación inmediata con cualquier punto de la Tierra, etc.

A estas alturas del siglo XXI ya no trabajaban, sino que lo hacían por ellos las máquinas robots y, ellos podían dedicarse con más ahínco a entretenimientos y deportes que, muchos de sus antepasados hubiesen sido capaces de comprar a precio de oro.

Claro que, ello no quería decir que no hubiese masas sufridoras de las peores consecuencias. Que malviviesen en los suburbios y, estuviesen olvidados de los más agraciados. Sin embargo, el paro laboral, las drogas y la delincuencia ya no eran los que causaban los peores problemas.

El hombre había dejado de amar la naturaleza y esta se moría lentamente. De soledad, de tristeza, de abandono y de agresión hacía ella. Los parques y los campos habían menguado en los últimos cincuenta años, la atmósfera estaba super contaminada, la capa de ozono ni qué decir y el sol no tenía más remedio que abrasar todo cuanto podía. Los ríos y los mares u océanos también agonizaban y, la mayoría de los animales ya no desaparecían por la misma ley de la naturaleza o supervivencia, sino que, eran destruidos por las aguas contaminadas, las lluvias ácidas, el ambiente pesticicado, en fin…

No había duda, el Apocalipsis de la Tierra había llegado y, ahora ya, la esperanza de sobrevivir de la humanidad era muy pequeña en aquellos momentos.

No obstante, cuando más triste estaba la naturaleza y el hombre más ocioso, el Conocimiento y la Iluminación comenzaron a pasearse por el planeta mundo y, fueron abriendo corazones.

Algunos seres humanos se dieron cuenta de que vivían muy encerrados y que sus mentes y sus corazones estaban obstruidos. Y, entonces decidieron emprender un nuevo camino. Comenzaron a ayudar a sus vecinos más necesitados y luego pararon cuantas industrias estaban causando la muerte de la vida en los ríos y mares.

Todo estaba muy alterado y, en un principio costaba mucho volverlo a su cauce natural, pero con paciencia y trabajando todos con ahínco, al final todo se iba solucionando.

Los hombres se dieron cuenta de que, su mayor problema era que habían dejado de Amar la naturaleza, pero cuando el Conocimiento y la Iluminación les visitó y les abrió las puertas de sus corazones, empezaron de nuevo a amarla.

Les costó muchos años de espera para poder ver los resultados, sufriendo incluso con ella los duros momentos al borde de la agonía. Pero al fin comenzaron a aparecer nuevas semillas.

El agua fluía nuevamente clara y cristalina por los ríos después de tantos años. Y el mar y los árboles lanzaban al fin, nuevos brotes de alegría recién nacida.

Todo se reducía en aquellos momentos a un glorioso jolgorio mundial, que limpiaba de nuevo los corazones y los llenaba de Amor.   FIN

LA TRAICIÓN

Estaba el hombre en reunión en la sala de juicios. Los caballeros de la Tabla Redonda trataban un asunto de vital importancia: "Traición al Rey". El juicio había comenzado, las pruebas eran concluyentes.

Sin duda alguna, Lancelot y la reina Ginebra habían cometido contra la persona de su Majestad el Rey Arturo Pendragón el crimen más vil de la historia de Inglaterra: "Alta traición" … las pruebas, presentadas por Modred y sus hombres.

Los caballeros juzgaban un acto de gobierno, sin embargo, nadie podía sospechar que, Arturo se estuviera debatiendo en aquellos momentos, en una lucha sangrienta consigo mismo.

- He sido humillado por mi mejor amigo y mi esposa. Todos me miran con lástima, veo en sus ojos esas risas hirientes que no se manifiestan… las odio. Odio la raza humana, se burla de los débiles y no comprende el dolor.

- Mujer ¿Porqué me has engañado? – Se preguntaba Arturo en la tempestad de su mente. - ¿O tal vez no fuera ella sino yo? ¿Cuándo supe que ya no me amaba y traté de ocultármelo a mí mismo? ¿Desde cuándo sus ojos empezaron a brillar en otra dirección y los míos esquivaron su luz, por miedo a cegarse?

¡Cuánto tiempo de eso! Y, ahora estos me vienen a descubrir que la reina no está conmigo.

- Sin embargo, tú Lancelot – continuaba el rey embebido en sus pensamientos – amigo mío, nunca pude descubrir en ti ni un respiro de inseguridad frente a tu rey, frente a tu amigo… ¿Será que no es cierta esta traición que los hombres alegan? ¿Acaso la reina solo esté enamorada, o ambos, pero que ese amor no se haya consumado? De ser así, yo sería un estúpido, juzgando a los seres más inocentes del mundo. ¡Dios mío qué desconcierto, cuanta duda! ¡No obstante, las pruebas son evidentes, se les ha descubierto juntos, no hay duda de que son culpables…! Pero y, ¿si ha sido toda una trampa de mis enemigos? ¡No, Arturo, deja ya de engañarte, el corazón de la reina no está contigo! No obstante, ella dice que me ama. ¡Dios qué tormento!

- ¡Basta ya, caballeros! – Murmuró el rey, saliendo de su silencio.

- Este juicio sobre los sentimientos es improcedente, pues yo mismo me traicionaría al emitir un veredicto. Si yo juzgara a estos dos seres que amo, juzgaría el Amor y ¿Cómo voy a juzgar el Amor si este se haya en todo lugar y es libre de penetrar cualquier corazón?

Si les causara daño condenándoles, me lo causaría yo a mí mismo, al tener que soportar su ausencia y su sufrimiento. Y si yo les amo ¿cómo voy a desear al mismo tiempo su alejamiento y su dolor? Si yo juzgara a este hombre y a esta mujer les traicionaría porque ellos confían en mi como amigo y como esposo y, también traicionaría a mis sentimientos, pues estos son desde un principio de amor hacía ellos, no de venganza ni rencor. Sentiría odio y vergüenza si no tuviera ese punto resuelto en mi corazón… pero lo tengo.

Amigos míos, el hombre ha venido a la Tierra a amarse y tiene que aprender a confiar en sus hermanos.

- ¡Caballeros, este juicio ha terminado! FIN - 1987

LA ESPERANZA

Un hombre y una mujer se encontraron en un camino.

Eran hijos de la Vida y, de sus corazones brotaba el más puro manantial que existe: el AMOR.

Alejados un paso de sus sentimientos, habían perdido de vista el horizonte.

Atreviéndose el hombre a hablar, le dijo a la mujer.

- Yo sé que el hombre vive a través del Amor, pero en un punto de su vida se haya perdido, encontrémonos juntos.

Así que terminó de hablar dijo la mujer: - El Amor es de ambos, vayamos a por él.

Y los dos se pusieron en camino.

Al poco de andar se encontraron con un obstáculo: la vida que les arrebataba el sentimiento más puro y los dos quedaron apenados.

Un día vino una tormenta de la mano del destino y acudió la ira de ambos. A medida que pasaba el tiempo, los dos se daban cuenta de que aquel encantamiento, que había tenido lugar un tiempo antes, se iba rompiendo.

Iban andando y cuando menos lo esperaban divisaron un monte a lo lejos y fueron hacia allí. Aquel monte tenía una cima dorada y para subir a él era necesario que los dos estuvieran limpios de todo temor y toda duda.

Al cabo de un tiempo de andar llegaron a los pies de la escarpada montaña y ambos se miraron. El AMOR había venido de nuevo a sus ojos y, tomados de la mano comprobaron que podían ascender sin ninguna traba.

Llegaron por fin a la cúspide y recogieron el fruto que tanto tiempo llevaban anhelando.   FIN

Por la Luz del mundo.   – 04 julio 1993

PARA LA LIBERTAD

Había un halcón en la mirada de una mujer, la cual dormía en un rellano de la Vida. Sus ojos se parecían a los ojos de la dulzura y su color era del color de la Pureza y la Armonía.

El halcón volaba cerca de ella y a veces, la miraba con ternura. La mujer quedaba extasiada con el exquisito vuelo de sus alas y comenzó a mirarlo con cariño. Cada día, la mujer esperaba con alegría que el halcón bajase hasta el valle donde ella estaba para verle volar y percibir el perfume de la Vida que él traía.

Mientras sucedía esto, la mano del Amor descendía sobre ambos y azuzaba el fuego de sus destinos.

Un día, el halcón se acercó a la mujer y le dijo – yo tengo un alma gemela que me está esperando en un rincón de la Tierra – y la mujer se quedó extrañada de aquellas palabras y le contestó.

- Todo lo que hay de verdadero está dentro de nosotros, no debes de buscar el apoyo en ningún alma de la Tierra.

El halcón no comprendió lo que la mujer le quiso decir y se marchó de allí un poco contrariado.

Al poco tiempo de ocurrir esto, mientras la mujer dormitaba en las lindes de un camino, apareció el halcón trayendo una compañera. Los dos volaban al ritmo de la alegría compartida y juntos se deslizaban arriba y abajo, grabando en el cielo la música de su encanto y la poesía mutua.

El halcón tomó a su compañera de la mano y la llevó hacía la mujer.

- Ves – le dijo el halcón a la mujer – tengo compañera, no son ciertas las palabras que me dijiste.

Sí, - contestó ella – es cierto que hay un alma gemela, pero no es momento de estar con ella.

Ahora toca realizar lo que llevamos en nuestro interior y para ello, no podemos apegarnos ni depender, ni vivir por nadie. Solo siendo realmente libres, podremos alcanzar la libertad. Si dices que eres libre y vives por ella y para ella, no eres libre. Y tampoco dejas que ella lo sea.

Eso no es así – dijo el halcón malhumorado. Y se puso a realizar un vuelo infinito para mostrarle a la mujer su libertad.

- Algún día lo comprenderás – pensó la mujer y se alejó de allí.

Pasó el tiempo y un día apareció el halcón, esta vez solitario, en el valle donde estaba la mujer. Allí se pusieron los dos a mirarse.

Ella tenía en su interior una sonrisa distinta. El Amor había crecido en su corazón y la Vida había hecho su trono y su morada en cada uno de los poros de su Ser.

El halcón también tenía en su corazón el más grande hijo de la Vida: el Amor. Y de los poros de su Ser salía a borbotones el glorioso tesoro de la Vida.

El halcón y la mujer se miraron con gran ternura y ya sin ninguna diferencia. Comprendiendo ambos la lección que habían venido a aprender juntos y separados.

Pronto comenzaría una nueva aventura para ambos.   FIN
1993

        Por el AMOR
        Por el verdadero Amor: el SER.

LA PALOMA Y EL NIÑO

Había una paloma en un nido y vino un gavilán a molestarla. La paloma se alejó del nido en busca de ayuda y, volando se encontró a un hombre que le inspiró confianza. Se posó cerca de él y le habló, pero al hombre no le gustaban las palomas y la espantó.

La paloma siguió volando y un día recibió la noticia de que

había un lugar donde las palomas no eran molestadas jamás por los gavilanes, ni por nadie más. Sin embargo, ella no sabía ir a ese lugar y se perdía cada vez que intentaba el camino.

Al poco tiempo apareció un niño por el lugar donde se hallaba la paloma y los dos se hicieron amigos.

Miraban la forma de hablarse el uno al otro sin conseguirlo, hasta que un día, caminando llegaron a un jardín y la paloma posándose en la puerta dijo: - "Si tuviera que hacerme un nido lo haría aquí entre tanta belleza".

Y el niño dijo: - "Si tuviera que elegir un lugar para mis juegos, sería este, entre tanta armonía".

Y el niño entró en el jardín, pero la paloma, aunque quería entrar no podía. El niño la buscaba para jugar y no la encontraba.

Estando la paloma en la puerta del jardín, apareció el gavilán y le dijo.

- No poses tus pies ahí pues la muerte te espera.

Pero la paloma no le hacía caso y seguía queriendo entrar.

Entretanto, el niño se paseaba arriba y abajo contemplando la búsqueda de su amiga.

Sin cesar de llorar la paloma gritaba - ¡Quiero entrar! Pero no lo conseguía.

Al poco tiempo, mientras los dos – niño y paloma – andaban cabizbajos buscando una solución, tuvieron una idea.

- ¡He resuelto el problema! – Dijeron a coro.

- Si vamos los dos juntos… será posible.

Y se llenaron de gozo al descubrir que había una solución para que pudieran estar juntos en el jardín.

Sin embargo, no sabían cómo llevarlo a cabo. Se intentaban tomar de la mano y no podían, de volar juntos y, tampoco. ¿Qué hacer?

Así anduvieron un rato hasta que las prisas soltaron sus primeras carcajadas. Enmudecieron y juntos se quedaron mirando qué pasaba.

En su deseo de hallar una solución para entrar en el jardín habían olvidado algo, el Amor. Y, al fin, uno de ellos dijo.

- No debemos seguir así con esta ansia, pues lo que realmente importa es lo que llevamos dentro. Una paloma y un gavilán no pueden entrar juntos al jardín, pero un niño y una paloma sí. No busquemos más la puerta de afuera pues el Amor nos está diciendo que no hay puertas.

La Vida misma contiene todas las puertas que, están abiertas de par en par para aquellos que aman realmente.

El rocío de la mañana los cubrió y juntos traspasaron el umbral del jardín.

FIN   1993

EL SECRETO DE LOS ELEFANTES

Había un elefante que estaba a punto de morir y de en medio de la selva escogió el camino que le llevaría a su última morada.

El hombre que estaba alerta y que le vigilaba día y noche, se puso en camino tras él, a escondidas para no levantar sospechas.

El elefante caminó durante días por la espesura de la selva y el hombre comenzó a fatigarse. Un día, entre la fatiga y el calor, el hombre cayó extenuado y se durmió. Al despertar, se dio cuenta de que el elefante había desaparecido de su vista. Se mordió de rabia y regresó a su aldea.

Mientras tanto, el elefante, en su caminar hacia la transformación de su vida, había pasado por un poblado de hombres primitivos y llamando a un amigo que allí tenía, le pidió que le acompañara en sus últimos momentos hasta el cementerio de elefantes.

El amigo le acompañó un largo trecho y al llegar a la puerta de aquel lugar supo que ya no le vería más en la Tierra.

Se despidieron, había llegado la hora. El elefante entró y el hombre nativo se marchó con el sol a su poblado.

Al fin, alguien había podido descubrir el tan famoso "secreto camino hacia el cementerio de los elefantes" … pero no lo diría jamás.   FIN

LOCO, PERO MENOS

Tengo un pariente que no vive en parte alguna, es un fantástico personaje que se denomina a sí mismo "Hijo del mundo". Mi madre dice que es un tarambana y que el día menos pensado lo van a meter en la cárcel por vagabundo y no sé cuántos adjetivos más. Yo creo que ella exagera, tal vez porque le tiene un poquito de envidia, como ella no puede hacer lo que quiere y él sí.

El otro día le vi en el campo, estaba rociando con agua unas flores, primero intentó apartar unos abrojos con que estaban cubiertas, luego cortó con unas tijeras algunos tallos y por último las bordeó de agua. Al terminar la operación se sentó en la tierra a contemplarlas y a mirar el valle.

Mientras avanzaba hacia él, yo le miraba el rostro, parecía abstraído, en estado de contemplación o como meditando. Me parecía como si estuviera totalmente inmerso en cada pétalo de las flores y, al mismo tiempo en otra dimensión de pasado, de presente o de futuro… no sé…

Muchos en mi familia también dicen que está más loco que los locos, pero yo no les creo. ¡Tiene una mirada tan dulce! Cuando habla sus ojos dicen muchas palabras y, cuando escucha, parece que se bebe todo el contenido de lo que uno dice y con una tranquilidad que, parece exasperar a los mayores, con sus contestaciones pausadas y serenas.

Cuando llegué donde él estaba comenzaba a salir de sí mismo, dirigiéndome una mirada tierna y bondadosa.

- Hola – le saludé.
- Hola – me contestó él muy amable.
- Me apetece sentarme un rato contigo ¿Puedo?
-Pues claro que sí chiquilla, ven, siéntate aquí a mi lado.
- Verás – dije – es que quería preguntarte si estarás mucho tiempo con nosotros, como los adultos siempre dicen que nunca estás mucho tiempo en parte alguna.
- Mira, pequeña, eso es lo ellos dicen, pero lo cierto es que siempre me encuentro en todos los lugares en donde estoy.
- No te comprendo tío, aunque tampoco comprendo a los mayores, mejor dicho, estoy segura de que los comprendo menos a ellos que a ti, pues contigo al menos puedo hablar, me escuchas y, en cierto modo podemos dialogar.
- ¿Me preguntas que cuándo me voy a marchar? Pues realmente no lo sé, todo depende de algunas razones que ando buscando.
- Entonces ¿es cierto lo que dice la abuela, que no eres pájaro que se quede mucho rato en la misma rama? Y, ¿se puede saber qué es lo que andas buscando?
- Busco el conocimiento sobre el ser humano, quiero saber más acerca de los hombres, las mujeres, los ancianos y los niños.
- Y ¿para qué quieres conocerlos? ¿Acaso no te imaginas ya cómo son? A excepción de ti, a mí me parece que todos los adultos son iguales: sordos, la mayoría te dan contestaciones absurdas, son estúpidos y esclavos de todas sus creencias y normas que, ellos mismos se imponen.

- Eso es cierto ¿sabes que eres una chica muy lista? te detienes a observar y eso es importante. Pero, aunque no lo creas yo, aún confío en el profundo, misterioso y hermoso fondo de todo ser humano. Hay algo que es verdad y la realidad de uno mismo y que, por fuerza, en algún momento de la vida nos encontramos con ello y, ahí es cuando lo que vemos con los ojos parece que está al revés, pero lo más probable es que esté al derecho.

- Yo creo, tío, que tú sabes mucho más de lo que los demás dicen. A mí me pareces un sabio y en tus ojos se ven volar palomas relucientes de paz y sosiego. ¿Acaso tú encontraste ya eso que dices hay en el fondo de los seres humanos?

- No sé, creo que eso nunca se sabe. Recuerdo que hubo un tiempo en que mi Alma estaba borrascosa, llena de nubes y de tormentas y, cada paso que daba era como una carga muy pesada o como un golpe para mi corazón. Pero al cabo de un tiempo todo pasó y, actualmente me encuentro tranquilo y reposado.

- Y ¿sabes a qué se debe?

- Solo me lo imagino. Posiblemente sea una ausencia de ambición, posesión y, esa entrega total a la Vida. Ahora vivo con toda la intensidad de que soy capaz, percibo en mis contemplaciones toda la emanación que brota de todas las cosas y de todos los seres vivos y, se posa en mi como imán atrayente. Siento que la vida misma me recibe, me abraza y me ofrece todo su Amor que, antes quizá con las prisas de querer ser el mejor, el más importante, el más rico o el más… en fin, todos esos mases que, destruyen la integridad del ser humano. Antes no me entregaba, pero no por ella, no por la vida sino por mí. por preferir andar ciego y sordo ante esa hermosa vida que se me regalaba a cada instante a cada sorbo que yo mismo me negaba a beber por voluntad propia claro.

Luego, al salirme mal las cosas siempre culpaba a los demás, pero ya no lo hago pues me di cuenta de mi responsabilidad ante mis actos y pensamientos y cambié mi actitud ¿Comprendes?

- Al escucharte, tío, no comprendo cómo las personas adultas y sobre todo las más cercanas a ti, dicen tantas cosas raras sobre tu persona, ya sabes, eso de que no paras en ninguna parte, que eres un tarambana o un pájaro con prisas que no se detiene en ningún lugar.

- Eso es fácil de comprender muchachita, los que hablan así es porque van a otro ritmo simplemente, diferente del mío pero nada más. Por eso me dedico a la contemplación del ser humano y comprendo su ritmo tan solo con observarlos durante un determinado espacio de tiempo y lo respeto. Es muy importante saber respetar el ritmo de los demás.

- ¿Pero qué fin o meta te lleva a hacer tal cosa? Seguro que querrás ser un maestro.

- No, nada de eso, no hay ninguna meta ni ningún fin porque ya te dije que no hay ambición. Simplemente vivo como deseo vivir, sin condicionamientos, siendo fiel a mí mismo. No vegeto ¿sabes? lo que yo hago es sencillamente "vivir". ¿Puedes imaginarte un río de vida en el cual estoy navegando simplemente? Tan solo es que, no voy contra corriente y, eso es todo el secreto.

- ¿Sabes? no me importa que los demás digan que estás loco y, todas esas tonterías, porque yo te veo un ser excepcional. Te comprendo cuando hablamos porque no son cosas vulgares y, además nos reímos. Creo que te estoy empezando a tomar cariño tío Karl.

Parecía que, por primera vez, el tío Karl escuchara con verdadera sinceridad el resonar de su nombre en el aire.

Un beso espontáneo fue a parar en la mejilla de aquel hombre solitario que era – hasta ahora – mi desconocido y loco tío. Estoy segura de que aquellos momentos le embriagaron de ternura, como a mí que, me sentía por los aires como en un alto vuelo sin prisas, como él dijo.

Le vi contemplar de nuevo las flores, ya oscurecía. Tomó delicadamente mi mano y la apretó, creo que aquel acto envolvía un tenue matiz de complicidad. Al tiempo que la escarcha se esparcía en las primeras horas del crepúsculo, nosotros contemplábamos los diminutos luceros y las estrellas que iban apareciendo y se nos ofrecían ante los ojos en un firmamento abierto.

Mi tío Karl prosiguió.

- Mira criatura, contempla los lunares del cielo, si te fijas bien, verás que son como corazones diminutos que palpitan…son latidos de la humanidad.   FIN

Año 1984

-

SEGUNDA PARTE

"CUENTOS DEL AGUA"

EL BESO
DEDICATORIA
A mi hermano Rafael que, fue el primero de mi familia que lo leyó y elevó mi autoestima a las alturas con sus hermosos comentarios. Allá donde estés Rafa, con todo el Amor de mi Corazón. ¡Gracias!

Andalucía bailaba por sevillanas y el río Guadalquivir, enarboló con su traje largo de aguas, una danza de alegría, que invitaba a toda gente a unirse a la "fiesta".

Con un beso de oro lanzado desde la Giralda, Sevilla llamó a sus hermanas. Y el beso voló y se posó, primero en Sierra Nevada, sobre el valle del Darro. Subió la cuesta del Albaicín y se encontró con la Alambra. Allí vivió una de las mil noches soñadas, contemplando los rebuscados arabescos de los techos y los leones de alabastro del patio, los jardines del Generalife, los curtidores, las piedras iluminadas de cálidos tonos, en un atardecer de primavera.

El Beso que provenía de la Giralda, llamaba a Granada. Se enredó en su pelo y le contó que debía prepararse para una fiesta, la gran fiesta. Y Granada le preguntó –

- ¿Qué fiesta?

Pero el Beso no dijo nada, solamente que él tampoco sabía de qué fiesta se trataba. Granada tomó su armario repleto de sorpresas y sacó multitud de galanuras. Sacó una cinta de guirnaldas y la enredó por la antigua fortaleza. Compró en la Alcaicería seda de las Alpujarras e hizo vestidos para los niños del Sacromonte. Le dijo al Moro que cesara de llorar, pues tenía que asistir feliz a la fiesta. Y al pronto, el collado dejó de suspirar. Así de convincente era Granada.

Y el Beso siguió caminando.

Llegó a Almería y se zambulló en las aguas del Mediterráneo. Luego alcanzó la bahía y contemplose el rostro en aquel hermoso "espejo de mar". Se deslizó despacio por entre las callejas tortuosas, por sus casas cúbicas encaladas, por la ciudad vieja y el barrio de la "chanca", con sus pequeñas casas de todos los colores. Y luego desplegó sus alas y voló hacía la Alcazaba. Y le dijo al oído a Almería:

- Prepárate, pues vamos a celebrar la fiesta más grande y más bonita de todos los tiempos.

Y Almería ni corta ni perezosa preguntó:

- ¿Qué fiesta es esa?

- No te puedo contestar, pues yo tampoco lo sé –

Dijo el Beso. Y Almería comenzó a ponerse hermosa. El agua de las fuentes y los estanques de la Alcazaba, comenzaron a cantar como nunca, corriendo juguetonas entremedio de las adelfas y buganvillas. El valle del río Andarax, dejó que el perfume de azahar de sus naranjos se extendiera jubiloso, hasta llegar más allá de las Alpujarras. Y así, el Beso de Sevilla se fue alejando, mientras Almería, trabajaba con ahínco en la preparación de la Fiesta.

Llegó el Beso a un bello paisaje de valles de tierra rojiza, plantados de olivos y saludó a Jaén, la ciudad vieja con techos de tejas rojas y rosadas. Se enredó en sus faldas y la hizo bailar de alegría. Le contó lo que quería y Jaén desde su fortaleza, contempló cuanto le pertenecía. Miró al Sur y vio la Sierra Nevada. Y luego dirigió su vista al Norte y alcanzó con ella la sierra Morena. Quedó satisfecha con aquella contemplación. Y una lluvia de pétalos de rosas, comenzó a brotar de su regazo, alcanzando toda la ciudad.

El Beso se alejó de allí contento, pues iba cumpliendo bien su encargo.

Al poco llegó a una bahía de plata.

Desde lo alto de las cúpulas de la catedral de Santa Cruz, agitó su pañuelo de ensueño y Cádiz despertó de su embrujo. En aquellos momentos "El Amor..." de don Manuel de Falla volvía a la vida, envuelto en sonidos celestes, que adornaban tanto, como los más costosos adornos. Y Cádiz se colmó de luz y embrujo. Y sus jardines y parques verdearon y florecieron, como por arte de magia. ¡Era la fiesta!

El dorado Beso mensajero, al llegar a otra ciudad hermana, tuvo un ligero percance. Y fue, que sin saber cómo ni porqué, de repente se encontró en medio de los viñedos, que se extienden por las colinas que rodean Málaga…y claro, comenzó a aspirar y probar esta clase de fruto, hasta que salió de allí, como nuestro amigo Baco, un poco tonadillero. Así que subir el castillo de Gibralfaro, situado en la cima de la colina que domina la población, fue una empresa harto trabajosa. Tuvo que bajar de nuevo, porque Málaga se encontraba precisamente, al fondo de una amplia bahía. Cuando Málaga descubrió al Beso, se echó a reír y la doble muralla de ladrillos crujía jubilosa, entre la vegetación de palmeras y cipreses. El Beso avergonzado, se fue hacia el río y se zambulló en sus aguas durante un rato, hasta que se le hubo pasado la borrachera. Luego regresó y habló serenamente con Málaga. Esta contuvo su risa y le escuchó atentamente. Comenzó a trabajar enseguida. Convocó una asamblea y comunicó, que se había de preparar la ciudad para una gran fiesta. Todo el mundo hizo preguntas al principio, pero al no tener respuestas, se contentaron y optaron por colaborar.

El palacio con sus patios floridos y los pabellones miradores.

Los arcos poli lobulados, los techos artesonados, el estuco trabajado, el paseo del Parque a lo largo del puerto, el río Guadalmedina, los viñedos, el antiguo barrio de pescadores el Palo. Los jardines del Retiro en Churriana y hasta la Cueva del Tesoro, con sus pinturas rupestres, se llenaron de color y alegría. Y se engalanaron para la hermosa y enigmática fiesta.

- Aquello sí que era entender las cosas deprisa - dijo nuestro amigo el Beso. Y se marchó muy alegre a otra ciudad.

Estaba a punto de descender, cuando notó algo extraño en el aire, algo encantador y hechizante. Se quedó un poco como mareado y por poco no se cae de bruces contra el suelo. La ciudad se mostraba cobijante y amorosa, al pie de la Sierra Morena. Y sus ojos vigilantes, observaban con atención las callejas con pequeñas casas encaladas. Las ventanas adornadas con rejas floridas de geranios o el museo municipal taurino y de arte cordobés. Córdoba era una madre romántica, que gustaba de la contemplación. Y se pasaba horas enteras, ensimismada en los acontecimientos de la ciudad o en su hermosura. El Beso le tocó el hombro, la sacudió con fuerza en la espalda, pasó por delante de sus narices, pero no hubo manera de sacarla de su ensimismamiento. En aquellos momentos, mamá Córdoba contemplaba un lance de Manolete en el recuerdo y al mismo tiempo, se preocupaba de que las hileras de naranjos y palmeras de la Mezquita tuvieran el suficiente afecto para crecer. Repasaba pacientemente y una a una, las ochocientas cincuenta columnas de mármol, jaspe y granito con sus arcos, por si habían sufrido algún desperfecto.

Los jardines con numerosas fuentes y surtidores estaban excelentemente cuidados, así que ¿porqué preocuparse? – se dijo el Beso – y como no hubo modo de hacerla volver de su ensoñación, le dejó una nota que decía: - "ya veo que estás preparada para la Fiesta, solo que: ¡tienes que despertar.

Le había costado bastante esfuerzo el tratar de despertar a nuestra madrecita, pero el Beso dorado, pronto se repuso y siguió su camino.

Llegó a un puerto pesquero con un gran ventanal, que daba al Atlántico. Un rumor de olas fuertes y bravas y un olor a sal y a yodo, le alertaron que se encontraba ante Huelva, la última de las hermanas a visitar. En este lugar estuvo poco tiempo, pues inmediatamente tomó contacto con la ciudad andaluza y le dio el mensaje que traía. Huelva hizo lo mismo que sus compañeras, se puso a trabajar con ahínco, buscando las mejores galas para la Fiesta.

Y ya estaba de regreso el Beso hacía Sevilla "la novia de las ciudades de Al-Ándalus". Llegó a la Giralda, de donde había salido y desde allí, contempló como toda la ciudad estaba transformándose. El Guadalquivir bajaba cantando, pues sus aguas estaban hermosas y limpias. Desde el barrio de santa Cruz, subía hasta lo alto un intenso aroma de azahares. Y se podía beber el aire de Sevilla. Con sus paredes blancas y ocres, sus plazuelas con naranjos y sus callejas flanqueadas de casas con rejas de hierro forjado y patios interiores. El parque de María Luisa, repleto de cedros, palmeras, magnolias, plátanos…estaba resurgiendo y tomaba un infinito matiz verdoso, que se desconocía. Todo estaba vivo.

El Beso preguntó a Sevilla la razón de la Fiesta, pues él tampoco la sabía. Y Sevilla no le contestó, pero le dijo: - Ven, te voy a enseñar más cosas – Y le mostró los Alcázares cuajados de panderetas. Y la Plaza de España que bailaba, vestida con traje de volantes. Y la Feria de abril con sus desfiles de caballos andaluces. Y el gazpacho y el pescaito frito. Y un arranque de alegría que se clavaba en todos los corazones.

- Y ahora – le dijo Sevilla al Beso – Mira en derredor tuyo y arriba. Ahí tienes la razón de esta Fiesta. Andalucía es la novia y el amor el novio.
El Beso miró a su alrededor y hacía arriba y hacia abajo.
Y vio como todo estaba inundado con una suave fragancia de estrellas. La luz era inmensa y los colores más vivos que nunca. El AMOR se extendía apaciblemente por cada rincón de las ocho provincias españolas.
Había llegado el novio y estaba besando a la novia...

¡Andalucía, bailaba por sevillanas!   - FIN

EL ÚLTIMO ESLABON

Pedro Pablo el Mago, hizo una ligera inspección por los alrededores de su castillo. Andaba cabizbajo, con el pensamiento perdido en otro sitio. Era la primera vez que le ocurría que no encontrara respuesta inmediata a sus preguntas. Era la primera vez que a una fórmula le faltaba un elemento y no lograba dar con él. Y por más que diera vueltas, no lograba atar los cabos de su problema.
Meneó la cabeza de un lado a otro y se encaminó a casa de Ludmila, su antigua amiga, sacerdotisa en otra reencarnación, bruja en su anterior vida, conocedora de la Filosofía de la Vida en ésta.

Llamó al timbre de la puerta y esperó unos instantes, al cabo de los cuales, apareció una mujer hermosa, de largos y ondulantes cabellos negros. Sus ojos, también negros, recordaban el misterio y la profundidad oceánica. Su cuerpo, ágil y esbelto como un lirio, se dejaba entrever a través de una camisa de seda, larga y algo transparente. Al verlo, le plantó un beso en la mejilla y le invitó a pasar. Se sintió jubilosa. Él, se alegró de encontrarla, pero con el pensamiento todavía imbuido en su preocupación, no se detuvo en los pequeños detalles de pronunciar cumplidos o en percatarse de los cambios sufridos en su amiga.

-Tengo un problema- asintió sin más. –Tengo un problema y me está torturando hasta la saciedad. Me estoy volviendo loco y no hallo respuesta. He pensado que tal vez tú pudieras ayudarme.

Ludmila le ofreció un cigarrillo que el Mago aceptó, apurándolo nerviosamente. También apuró un vaso de whisky con hielo, sin apenas percatarse de lo que estaba bebiendo.

Su mente seguía dando vueltas y no tenía idea de cómo empezar a contar lo que tanto le atormentaba.

-Tienes que ayudarme Ludmila, confío en que entre los dos podamos dar con la solución a esta incógnita que tanto me atormenta.

La mujer empezó a preocuparse, pues hacía tiempo que no veía a su amigo, pero la última vez que le vio, se encontraba bastante cuerdo y sereno. Y ahora le parecía que algo no andaba bien. Se armó de valor y le preguntó sin dilaciones.

- ¿Qué es lo que te ocurre? Si me lo explicas, tal vez entre los dos podamos encontrarle solución. Pero habla de una vez, que me tienes en ascuas desde que has llegado.

-No sé por dónde empezar, te ruego que tengas paciencia, he de ordenar un poco mi cerebro.

Déjame estar contigo unos días, pues quiero contarte mis descubrimientos y luego plantearte lo que me angustia.

-De acuerdo - dijo Ludmila generosamente - estás en tu casa y puedes quedarte el tiempo que te haga falta. Sin embargo, creo que lo que necesitas como primera urgencia es un descanso. Un buen baño caliente y un descanso. Y mañana hablaremos todo lo que quieras.

- ¡Oh no, no! ¡No puedo esperar! - dijo el mago alarmándose y resistiéndose a abandonar su preocupación siquiera por unas horas.

-Sería una locura dejar de pensar ahora. Tengo que hablarte y para ello necesito...

Ludmila puso un dedo en sus labios obligándolo a callar, se las arregló como pudo y al fin le convenció para que descansara aquella noche. No sin antes escuchar un sin fin de causas por las cuales el Mago debía hablar aquella misma noche y no más tarde.

Cuando su amigo Pedro Pablo se hubo quedado dormido, la Sacerdotisa de otra reencarnación, se quedó un tanto pensativa y un poco preocupada. Se fumó un cigarrillo y se tumbó en la cama. Al poco rato se le fueron disipando los pensamientos y entró en un estado de conciencia alfa, donde se desenvolvía a sus anchas y largas, donde recibía los preciados dones de la Sabiduría y la Felicidad, donde el Ser se manifestaba en toda su gloria y esplendor. Tal estado lo alcanzaba cada noche y en cualquier momento del día. Con él, había logrado descifrar los enigmas más ocultos, casi todos los misterios del hombre, de la tierra y de los cielos, de la Vida y de la Muerte. Por eso, en esta su reencarnación presente, era llamada la Conocedora de la Filosofía de la Vida.

En tal estado penetró en el corazón de su amigo y pudo comprender lo que le atormentaba.

Se deslizó por su alma con su alma y se halló ante la fuerte e intensa luz del espíritu del Mago. Contempló que era capaz de canalizar correctamente las energías de su ser y del mismo cosmos, pero también se percató de que estaba solo, inmensamente solo. Y tanto conocimiento, tanto poder y tanto control, se desmoronaban por la ausencia de una sola cosa, tal vez el elemento que él desesperadamente andaba buscando.

Silenciosamente, con sumo cuidado, se alejó del interior de aquel ser que reposaba tranquilamente en un lecho blando. Contempló su rostro que dormía apaciblemente y sintió una gran ternura por aquel hombre desesperado. Luego, se alejó de la habitación y se incorporó en su cuerpo de nuevo.

Casi sin mediar segundos, pasó a un sueño profundo y reparador, hasta el otro día.

A la mañana siguiente, cuando Ludmila despertó, tenía el desayuno servido en la mesa de la pequeña cocina.

Pedro Pablo se había levantado muy temprano, como tenía por costumbre y había ordenado un poco la sala y la cocina, había preparado café y unas tostadas, también había bajado a la tienda a comprar unos bollos calentitos, recién hechos, para el desayuno.

Ludmila agradeció tanta atención y lo besó en la frente.

Este quedó un poco sorprendido y se dispuso a desayunar bastante calmado, por cierto, de sus problemas.

-No sé qué me ha ocurrido esta noche- dijo el Mago a Ludmila un tanto desconcertado-. He soñado que una luz muy dulce me acariciaba y alejaba de mí todas mis preocupaciones. Pero, resulta que esa luz se parecía mucho a alguien conocido. Lo que no puedo recordar es a quién.

Ludmila estaba en silencio y no quería intervenir, hasta que su amigo le hiciera partícipe de cuanto había venido a contarle.

Así que se limitó a escucharle y a desayunar ligeramente.

-Sí, -insistió Pedro Pablo- era una luz bastante familiar... pero no sé, no puedo asociarla con nadie.

-No te preocupes- dijo Ludmila por fin. - En cualquier momento la reconocerás, suele ocurrir muy a menudo, que no asocias las cosas o las personas y de pronto, pues, ¡zas! te viene un flash y lo ves todo claro.

-Sí, tienes razón, creo que me preocupo demasiado de las cosas.

Pedro Pablo comenzó a recordar la razón por la cual había venido a ver a su amiga y quiso hacerla partícipe inmediatamente de sus descubrimientos y preocupaciones a un tiempo.

-Me gustaría empezar a contarte la razón de mi visita.

Ludmila empezó a escuchar atentamente su historia y sus inquietudes y en ningún momento hizo mención de saber todo cuanto le acontecía a su amigo, porque le interesaba realmente que él personalmente le hablase. Con ello, le obligaba a poner un cierto orden en sus pensamientos y a detenerse en los detalles. A contemplar con más claridad los errores que pudiera haber o el sentido positivo de sus experiencias.

Cuando Pedro Pablo hubo terminado de hablar de sus experiencias, de los conocimientos adquiridos, del elemento que él suponía, le faltaba en aquel engranaje para completar la fórmula secreta, base de un equilibrio perfecto para el hombre, hubo un silencio. Ludmila le miró y él se quedó esperando ansioso su respuesta, si la hubiera. Porque tenía que haberla, para eso había venido a verla, para que le ayudara a encontrar una respuesta.

Como el silencio siguiera, no pudo más y preguntó a su amiga muy intranquilo por la respuesta.

-Bueno, venga ya, dime qué es lo que piensas de todo lo que te he contado, ¿es que no vas a reaccionar?

- ¿No me vas a ayudar a encontrar una solución? ¡Habla de una vez!

- Quiero que sepas- contestó Ludmila sin hacerse esperar- que esta noche, la luz que viste en tus sueños era la mía. Sabes, porque me conoces, que puedo entrar en estados de conciencia superiores y que a través de ellos me alimento de Sabiduría, de Paz, Amor y muchas otras cosas. Cuando me encuentro en dichos estados, puedo contemplar al ser humano en su Esencia y es así como te contemplé anoche a ti. Vi el alcance de tus conocimientos y me hice una contigo en tu soledad. Sí, amigo mío, el elemento que te falta para completar tu fórmula es llenar el vacío que te produce tu soledad. Ese es todo tu problema. Espero que sabrás perdonarme el que me haya introducido en tu ser, sin decírtelo antes, pero anoche estabas tan excitado que no tuvimos tiempo de hablar, por lo tanto, me tomé la libertad de actuar por mi cuenta sin consultarte.

- ¡Oh, no, no! Exclamó el Mago- está perfecto lo que has hecho, está perfecto, pues con ello has descubierto mi incógnita, has aclarado mis dudas, me has salvado.

Pedro Pablo dio un salto de alegría y tomó a Ludmila de la mano, comenzó a dar vueltas con ella, bailando y saltando de gozo. Pero de pronto, se quedó quieto, se sentó y se sintió como petrificado. Al cabo de un rato sensiblemente corto, dijo: -Ludmila, pero ¿cómo he de llenar ese vacío?

La mujer, que no había tenido tiempo ni de peinarse, tomó un cepillo del cuarto de baño y comenzó a pasárselo por el pelo. Se miró al espejo un instante y luego salió siguiendo con su tarea de cepillarse la cabellera. Mientras tanto, su amigo el Mago se inquietaba más. Y no cesaba de hacer la misma pregunta.

- ¿Pero, me quieres decir cómo demonios he de llenar ese vacío?

Ludmila habló entonces.

-Me sorprendes, querido amigo, durante largos años de tu vida, no has hecho otra cosa que acumular conocimientos. En estos precisos momentos, estás capacitado para controlar los elementos en tu ser, para dirigir la energía a tu antojo, para obtener fuerza a través de los secretos que te han sido revelados, al estar en contacto con diversos estados de conciencia superiores. Con todo ello, te unificas con la Energía Cósmica Universal y por eso eres poseedor de lo que pocos mortales obtienen y es el título de Mago. Me asombras, hermano, pues sabes que dicho título connota en sí, el despertar del Dios interior, la superación de todas las luchas internas, el resurgir del Cristo que todo hombre lleva dormido dentro de sí mismo. ¿Cómo no te das cuenta de lo más simple, del elemento que te falta para completar la fórmula de tu vacío?

-Sé todo eso, Ludmila- contestó trastornado Pedro Pablo- pero no logro encontrar por mí mismo la respuesta.

-Cierto- dijo Ludmila- tú solo nunca podrás hallar la respuesta. Por ti solo nunca verás la completa Luz que te haga ver con claridad. La respuesta es muy sencilla y ya que has venido a pedirme ayuda y yo tengo el eslabón que falta en tu cadena, te contestaré. El elemento que necesitas es el Amor. Tú eres sabio y con tu sabiduría has hallado el modo de obtener la fuerza necesaria. Dos cosas imprescindibles para el desarrollo del hombre. Pero no olvides que de la unión de la Sabiduría y de la Fuerza ha de nacer el Amor. Pero no olvides que la Sabiduría es nuestra Amada diosa Interior... El vacío que te inunda es porque aún no has conectado con el Amor, el Conocimiento y el Poder del Eterno Femenino, que está implícito en toda la Creación, en toda vida y en todo ser. Ese vacío has de llenarlo con el Amor en mayúsculas y del Amor no se puede excluir la parte femenina Cósmica y Universal... así estarás completado.

Sin embargo - prosiguió la sacerdotisa de otros tiempos - veo que estás preparado para compartir con una compañera tal empresa. No te quedes mirando la vida desde tu soledad. Camina y comparte, hay muchas mujeres tan únicas como tú que desean alcanzar la misma calidad de vida. Y encender a la par que tú, en su bello corazón, las infinitas luces de la compasión y el Amor Universal.

-Ahora te comprendo Ludmila- dijo el Mago en un tono ya tranquilo- tu sabiduría me conmueve y me llena de una paz que últimamente había perdido. Te agradezco de todo corazón que me hayas dedicado tu tiempo, te has portado conmigo como una verdadera hermana. Te quiero.

Ludmila y Pedro Pablo se abrazaron y un manto de paz descendió sobre ellos, cubriéndolos y llenándolos de dulzura y bondad. Los dos habían logrado lo que todo ser humano está destinado a lograr, el Amor y la Felicidad. Con sus mentes, sus corazones y sus espíritus abiertos, estos dos seres habían alcanzado Sabiduría y otros dones. Y entre los dos, siguieron dando vida, como siempre, al más preciado don divino: el AMOR.   FIN

- 7-agosto-1989

ÁTON Y EL AVE LIBRE

Érase una vez un hermoso caballo negro. Sobre su cuello y cabeza lucía una crin de pelo grueso y larguísimo, que al galopar ondeaba al viento, dibujando en el aire suaves mariposas. Sus patas eran largas y fuertes. De sus ojos grandes y vivos, destacaban unas pestañas espesas y pobladas.

Todos los días, al despuntar el alba, daba un largo paseo con su amo, que nada más verlo, le obsequiaba siempre, antes de salir, con una roja y jugosa manzana.

Áton, que así se llamaba el agraciado equino, se divertía mucho en compañía de su amo.

Este le hacía correr un trecho, pero después aflojaba las riendas y dejaba que el caballo pusiera su ingenio en las correrías. Áton pensaba en no defraudar a su amo y unas veces iba ligero, otras aceleraban el trote y muchas otras, simplemente trotaba descansando y moviendo la cabeza o las patas, dando pequeños saltos o relinchando cariñosamente, en señal de querer jugar un rato.

Su amo se reía, le daba unas palmaditas en el cuello y se dejaba llevar por el simpático animal.

-No cabe duda de que eres un ejemplar exclusivo.

Decía el jinete complacido.

-Nunca hubiese podido creer, de no tenerlo delante, que un caballo pudiese ser tan cariñoso como un ser humano.

Al terminar el delicioso paseo, amo y caballo se despedían como si fuesen dos enamorados y acudían, uno a sus tareas cotidianas y el otro a beber agua y a comer un poco de pasto, del que había en grandísimas cantidades en todo el valle que se divisaba.

Era de una longitud extensa el paraje y Áton lo conocía hasta los límites. En cuyo lugar se erguía una espinosa cerca. No se preguntó jamás, las razones de aquella limitación de terreno. Sabía que, llegado al lugar, era imposible seguir adelante y en esos momentos, se abandonaba a las indicaciones de su amo, que con un ligero tirón de riendas, le indicaba el camino correcto.

Áton tenía muchos compañeros que comían la hierba también en esos momentos. Y fue enseguida a saludarles. Sus amigos le admiraban, porque tenía una gran personalidad y muchas de las yeguas, estaban enamoradas de él. Era querido por todos y él quería a todos. Su corazón era muy comprensivo y escuchaba a todo el que iba a contarle sus problemas o sus dudas, acerca de la vida y de los seres humanos.

-Áton es el más inteligente. Es el que más sabe acerca del hombre y sus costumbres.

Decían entre ellos y por eso, siempre iban a hacerle a él todas aquellas preguntas. Y él les contaba.

-El hombre es cariñoso. Le gusta amar y ser amado. Juega y es comprensivo con los demás…no hace daño, pero...tiene un defecto. No se da tiempo para sí mismo. Así que el tiempo transcurre entre el trabajo, el sueño y las diversiones. Y por eso muchas veces se encuentra alterado y nervioso. Si lograra dedicarse más tiempo para conocerse y para sentirse, sería feliz.

- ¿Estás seguro de esas cosas? ¿cómo tú un pobre caballo, puede saber algo que el hombre parece ignorar? – preguntaban.

- Él no lo ignora, lo sabe. Su corazón le dice lo que tiene que hacer, pero él no escucha a su corazón.

-Pero tú y él hacéis muy buenas migas, os queréis los dos. Él te ama, pues lo hemos visto con nuestros propios ojos- decían los caballos.

-Sí, eso no lo pongo en duda, pero él no me ama por voluntad propia, sino por necesidad.

- ¿Por necesidad… cómo es eso?

-Pues veréis, él busca la compañía de un caballo, porque necesita acallar la voz de su soledad. Igual amaría a otro animal cualquiera u otra cosa, si quisiese, un perro, un deporte, un juego, por ejemplo.

-No podemos creer en todas esas cosas que nos dices. Son muy duras y crueles. No podemos creerlo de nuestro amo. Él es inteligente para caer en tales vulgaridades.

-La soledad no es una vulgaridad, sabed que muchos seres humanos de la Tierra la albergan en su corazón. – Contestó Áton.

- ¿Y qué es la soledad, que nosotros no la conocemos y que, según tú, el hombre humano está tan plagado de ella?

-El hombre no se da cuenta de lo que hay dentro de su corazón. Cree que vivir es aprender como una enciclopedia conocimientos sin fin, trabajar sin descanso todos los días de su vida (desde que deja de ser adolescente, hasta que comienza su senilidad) y, por último, esperar pacientemente al sol, el día de la muerte. Si es que la puede esperar pacientemente, pues su cuerpo y su mente sufren muchas alteraciones, debido a la falta de cariño hacía sí mismo.

Los demás caballos increparon de nuevo.

-Y eso es lo que ellos llaman una vida correcta, ¿no? Muchas veces te hemos oído comentar, que el amo te decía lo que era una vida digna.

-Sí, pero yo he sabido leer entre renglones. Lo que él decía y lo que verdaderamente gritaba su corazón, no era lo mismo. Pero todo esto lo he aprendido, después de escucharle una y otra vez. Entonces he sabido distinguir cuando ha vibrado todo su cuerpo encima de mi lomo y cuando le devoraba la soledad y la amargura.

- ¿Quieres decir que no es feliz?

-Sí, quiero decir que no es feliz del todo. Y cuando a veces lo es, dura muy poco tiempo su felicidad.

-Pero el hombre tiene todas las posibilidades de ser feliz. Es más inteligente que los animales. Es superior a todos nosotros juntos. ¿Cómo es posible que no encuentre algo tan sencillo como la felicidad?

-La felicidad......es, por ejemplo… ¡comer un buen pasto! – dijo uno de los caballos.

-Sí, tienes razón. La felicidad la tiene al alcance de la mano, está en su propio corazón, pero él no se da cuenta. No la puede ver porque está demasiado obsesionado en otras cosas. Solo tiene que detenerse un instante, para mirar a su alrededor y descubrir las cosas sencillas.

- ¿Y no le podemos ayudar? Nos gustaría ayudarle.

- ¡Sí, sí, vamos a ayudarle...! – Gritaron todos.

-No, no le podemos ayudar hasta que él, por sí mismo, al mirar, se dé cuenta de lo que está mirando. Entonces, él percibirá que sus ojos acarician lo que verdaderamente su corazón le pide. En ese momento él será feliz y nosotros también de verle.

Todas estas charlas, los llevaban gran parte de la mañana o de la tarde. Y cuando uno de los cuidadores venía a llevarlos a las cuadras, se extrañaba de ver un corro grande de caballos y pensaba.

-Bueno, se ve que no hay hierba en otro lugar, con el valle tan grande que tienen y se reúnen todos a comer en el mismo sitio.

¿Cómo se iba a imaginar el buen hombre, que los caballos estaban de tertulia y que su principal tema era el mismo hombre? Ni siquiera podía tener la más remota suposición sobre ello. Tomaba dos caballos por la garganta y los llevaba suavemente, hacía las cuadras. Y así de dos en dos, hasta que los hubo resguardado a todos bajo techos. Los caballos le seguían, sin el menor indicio de rebeldía. Le habían tomado cariño al cuidador y él también a ellos.

A la mañana siguiente, después del paseo con su amado dueño. Áton se dirigió al encuentro de unos compañeros, que por el valle pacían. Y un poco antes de llegar, se percató de que uno de ellos se hallaba más alejado que de costumbre. Cabizbajo y sin probar bocado de la suculenta hierba fresca, que se le ofrecía ante sus ojos.

- ¿Qué te ocurre amigo? No te veo feliz. ¿Es que estas enfermo?

-Mira —dijo el caballo triste. —déjame porque he descubierto una cosa horrible y eso me llena de dolor. Y solo tengo deseos de morir.

-No puede ser- dijo Áton – tú que eres el más alegre de todos mis amigos.

Que, por tus risas y relinchos sin medida, nos hemos contagiado tantos de nosotros. Tú que nos has contado las más grandes e inimaginables historias divertidas. Tú que eres la palabra de cariño, el detalle para todos.

¿Cómo es posible que hoy te encuentre en tal estado? Algo muy grave te debe de pasar. ¿Por qué no me lo cuentas? Te sentirás aliviado si me hablas.

-Es que no quiero entristecerte.

-¡Vamos, dímelo, caballo!

-Verás....he descubierto que soy viejo!

-Que eres viejo...? ¿Y cómo has llegado a tan lamentable conclusión, si tu apariencia no habla de ello?

-Pues verás, ya no puedo amar como hace unos años, cuando era más joven.

-Ya. ¿Y no será que de pronto te has percatado de que tu edad tiene números y eso te ha hecho sentir miedo?

-Es posible… pero soy viejo.

-Pero no te puedes dejar vencer, no tengas miedo. El que verdaderamente ama en ti es tu corazón. Y en ese sentido, dicho órgano carece de edad. Tu sabes que los impulsos de tu motor van a todo tu cuerpo, haciéndole que vibre intensamente. Al ir pasando los años, la vibración es más o menos intensa, pero tú amas con la misma profundidad. No se deja de amar, amigo, a una edad determinada. En primer lugar, porque el amor no es finito y en segundo... ¿cómo sería la vida de los seres que ya empiezan a envejecer, sin ese amor que está en la vida y que palpita en todos los corazones? Lo importante, es no dejar que algo ajeno a nuestros sentimientos nos aparte de nuestro itinerario. No dejes que esos números alteren el ritmo de tu corazón. No permitas que un miedo vacío y sin fundamentos, alquile ahora tu hogar, pues te impondrá sus normas y no te dejará vivir. Si ese miedo se anida en ti, se hará dueño de tu ser muy pronto y entonces, sí envejecerás, pero tan deprisa que ni siquiera te darás cuenta.

-Pero yo estoy triste y caído- dijo el caballo deprimido. ¿Por qué los demás no me dejan en paz y me aceptan como soy?

-Es que tú no eres triste ni caído. Solo una circunstancia te está haciendo ser así. No hay ni una sola criatura en el mundo que sea triste o que esté caída, por naturaleza. Solo los seres que alquilan su corazón a extraños pueden encontrar insatisfacciones. No alquiles tu corazón al miedo y verás cómo te das cuenta de que no te importa tener mil años o dos mil.

-Lo siento amigo, no hables en vano, pues no te escucho. Mi cuerpo me dice que estoy viejo y siento los años, pesados como una losa. Estoy desesperado, porque no sé cómo conseguir que mis carnes vuelvan a estar apretadas y fuertes. Deseo amar y siento que mi cuerpo se desvanece, de años, de tiempo y de miedo.

-No te desesperes compañero y no te obsesiones con esa idea, porque a tus años también puedes ofrecer un amor puro y hermoso, que será aceptado, como todo tu eres aceptado.

-Mira, déjame y no te canses más, pues no te oigo. Quizás en otro momento esté dispuesto a oírte.

Áton miró a su amigo a los ojos unos instantes y viendo que cuanto decía era inútil, calló y pensativo y silencioso, se alejó en busca del resto de sus compañeros.

-Hoy vienes muy tarde Áton, ¿qué te ha ocurrido, el amo se entretuvo en el paseo?

-No fue el paseo, amigos, he descubierto que entre nosotros también hay condiciones para que la felicidad se aleje.

No solo es el hombre el que aleja la felicidad de su lado. Los animales también estamos predispuestos a todo tipo de alteraciones.

-Pero tú siempre nos has dicho que el animal es un ser puro e íntegro y el más adaptado al medio. ¿Cómo puede ser que podamos permitir que algo ajeno a nosotros, altere nuestra predisposición a algo tan natural y que de hecho nos pertenece?

Áton exclamó – Nosotros los animales, estamos tan adaptados al medio, que todo lo aceptamos sin dificultad. El sol, la hierba fresca, el agua, la lluvia, las tormentas, el verano, la primavera o el invierno. Nos trae sin cuidado lo que nos traiga la vida, porque todo es aceptado por nosotros. Por tal razón somos felices. ¿Qué problemas podemos tener si en todo momento somos guiados por nuestro amo? Tenemos comida y cobijo, sol, agua y paseos. ¿Qué más podemos desear?

- ¿Entonces porqué dices que, entre nosotros, también hay condiciones para que la felicidad se aleje?

-Porque siempre hay excepciones y en todos los lugares de la tierra hay seres disconformes, que se detienen en sus pensamientos obstinados. Y no hay forma de hacerles volver a la realidad. Por eso esta interacción entre naturaleza y animal, se descompone y aparece la alteración y, por lo tanto, la no felicidad.

Los caballos seguían su charla, al tiempo que una gran satisfacción, de comprobar que ellos sí eran felices, sí estaban totalmente adaptados, les invadía por completo.

Pasó un tiempo y una mañana tranquila de primavera, vieron aparecer al amo con una yegua salvaje y bella. Tenía una soga al cuello, algo floja y cabalgaba jadeante y furiosa.

Todos quedaron atónitos ante tal espectáculo, pues nunca había ocurrido, que trajeran caballos libres a aquel lugar.

La yegua majestuosa, dejaba resonar algún relincho de incontenida rabia, al sentirse prisionera. Pero ya el lazo abrazaba su hermoso cuello.

Áton, quedó desde el primer momento encandilado de la fiera semidomada. Le pareció una maravilla, con ese cabalgar tan seguro y libre. - ¡qué emocionante! - toda ella era un espectáculo digno de ver.

El amo se paró a conversar con uno de los guardianes y después de breves palabras, le dejó al cargo a la encantadora yegüita. Inmediatamente Áton se hizo dueño de la situación y fue a darle la bienvenida a la nueva recién llegada.

-Hola Hermosa – improvisó el equino.

- ¿sabes que estoy encantado de verte?

- ¿Si, pues yo no. -Dijo ella.

-Sé que, para ti, esto de haberte echado el lazo, debe de ser muy duro. Pero aquí no se está tan mal. Ven y te presentaré a mis amigos.

Después de comprobar la disminución de su rebeldía, el guardián le sacó el lazo del cuello, parándose a observar su comportamiento. La yegua seguía al lado de Áton, que la llevaba de aquí para allá, dándole a conocer a todos los compañeros que en el rancho había. En breves palabras, la puso al día con relación a la estancia y al hombre que habitaba en ella.

-Hablas del hombre como si fuera un amigo tuyo muy querido.

-Es que lo es. No he tenido queja de él, en lo que llevo aquí de tiempo. Y estoy desde que nací. Además, tengo una íntima relación con él, que me permite conocerle y por lo tanto quererle.

-Yo no puedo quererle, pues no me ha hecho ningún bien.

Ya ves, si estoy aquí es por su culpa.

Áton preguntó - ¿Es que afuera no es igual que aquí?

-No... ¿Acaso tú no conoces la libertad?

- ¿la libertad? Nunca oí hablar de ella, ¿qué es?

La yegua le dijo entonces – Algún día, cuando conozca toda esta tierra como mis cascos, encontraré el lugar por donde salir de aquí. Entonces te llevaré a conocer la libertad...si quieres.

-Pues claro que quiero!

Áton estaba ilusionado. ¿Qué nuevo mundo se le abría ante sus ojos?

-La libertad. ¿Qué sería la libertad?

Una de las mañanas de principio de verano. Iban paseando, Áton y su bella acompañante. Sintiendo la hierba fresca bajo sus cascos. Y Hermosa habló y le dijo a Áton.

-Tengo que decirte algo.

- ¿Qué es? Te escucho.

Hubo un pequeño silencio y Áton volvió a preguntar.

-Te encuentras mal, ¿qué te ocurre?

-No, no me ocurre nada... .es que... te quiero.

-Sí, eso ya lo sé. Todos nos queremos mucho aquí.

-No me refiero a ese tipo de amor. Yo te quiero con una emoción profunda, que me hace vibrar todo el cuerpo. Mi amor no es pasivo...mi amor es un fluido activo y continuo, que no cesa de manar. Y siento, que toda yo voy hacía ti, sin poder evitarlo. Siento que quiero ofrecerte este amor, pero no es posible.

-Yo también te amo Hermosa, del mismo modo que tú me has dicho, pero no comprendo porqué nuestro amor es imposible.

-Yo soy libre compañero y tengo miedo de que no comprendas mi forma de sentir, mi ansia, la forma que yo tengo de vivir.

Áton, un poco confuso le dijo.

¿Pero por qué te preocupas ahora de eso, no estamos viviendo un momento maravilloso? Pues sigamos viviéndolo, que esto es lo único que cuenta ahora mismo. Lo que me tengas que enseñar mañana, no sabemos si lo voy a comprender o no. Entonces no nos preocupemos de ello.

-Tienes razón – dijo Hermosa – seamos felices.

Los dos se miraron y comenzaron a galopar al unísono. Sus crines se entrelazaban en el aire y los belfos se acariciaban entre sí, besando al mismo tiempo, la suave brisa que les rozaba.

Se miraban, se acariciaban. Jugaban y se reían hasta que cansados se dejaron caer al suelo.

La hierba nunca fue tan fresca, ni tan verde para ambos. Se regocijaron de ella y de la paz y tranquilidad que les rodeaba. Todo era hermoso, no existía nada que no fuera presente, ahora. Eran felices, inmensamente felices. Disfrutaban de esa felicidad, del silencio, de la risa, del canto de los pájaros.

Hermosa miró a su enamorado y le dijo.

-Áton, quiero abrir mi corazón y ofrecerte todo el amor que hay en él. Tengo que darte mi calor y mi libertad, para que los conozcas. Pero no puedo ser presa de ninguna cerca, que amordace mi cuerpo y mi espíritu. Soy vida viva y deseo descubrirte mi canto libre, como pájaro que viene de una tierra fructífera. Pero al mismo tiempo, aún tengo sed y quiero que me dejes beber de tu fuente. Hoy tú le das belleza a mi ser, amándome. Por ti, vuelvo al aire que me pertenece, donde se ondean los sueños, entre planeo y planeo. Quiero que conozcas mi tierra, de donde vine. He descubierto que un pedazo de valla está destruido. Y por ese lugar se puede salir perfectamente. Ahora mismo podemos marcharnos, si tú quieres.

-Pero Hermosa – dijo Áton, un tanto confuso – somos felices, ¿qué importa donde estemos.

-Para mí sí importa. Aquí me siento prisionera.

- ¿Es que mi amor no te basta? – preguntó Áton.

-Áton... ¡No me basta!

Llegaron a la cerca destrozada y salieron sin dificultad. Áton no comprendía, se marchaba confundido. Pero pensaba, que lo importante era que se amaban.

Pasaron unos días y de pronto comenzaron a divisar el mar. Áton se asustó un poco y al llegar al agua, Hermosa le hizo caminar por la orilla.

-Qué cosquillas me hace el agua. Esto es muy bonito. Nunca vi tal cantidad de agua junta. Me gusta. Me empieza a gustar tu mundo.

-Pues esto no es nada. Ya verás.

Cuando hubieron recorrido la playa, Hermosa le dijo.

-Ahora vamos a caminar un poco más.

Y le llevó a un prado verde, salvaje y hermosísimo. Donde había toda clase de árboles, flores, pájaros, ríos, lagos, otros caballos también salvajes. Y sobre todo no había cercas en ningún lugar.

La hierba era alta y abundante, por donde se mirase. Y Áton estaba cada vez más perplejo, más atónito.

-Esto es lo que yo amo Áton. Este es mi mundo. Todo es luz y vida. Donde vayamos encontraremos un pájaro diferente, con un canto distinto. Cada árbol da su fruto, cada pedazo de tierra su hierba o su río. Y allí cerca el mar, donde cada mañana me sumerjo, entre un éxtasis de vida viva y un agradecimiento profundo, por sentir tanta dicha y felicidad.

Áton contemplaba todo aquello asombrado, dejando que su compañera le enseñara todo lo que ella conocía de aquel lugar. Dejando que ella hablara, que ella le abriese todo su mundo de par en par.

De pronto, Áton vio que estaba asustado. Aquello no era su mundo, no había las leyes del amo. Pensó que la cosa no podría andar muy bien, en un lugar tan anárquico como aquel. Y sintió miedo.

Habló con Hermosa y le dijo que no quería estar más tiempo en aquel lugar. Que no era su mundo, que él estaba acostumbrado a las leyes de un amo...en fin, que no podía quedarse y que con ella o sin ella, él se marcharía inmediatamente.

Hermosa se sintió triste y trató de convencerle, pero vio que como ella había pensado en un principio, aquello era imposible. Le dejó marchar y se sumergió en el agua, pero esta vez, sin éxtasis de vida, sino con profunda tristeza.

Cuando Áton hubo llegado al valle de su amo, se sintió tranquilo, fue inmediatamente a saludar a sus compañeros y se incorporó a su hábito de comer hierba todos los días.

Por un instante, miró al infinito y escuchó en su interior la voz de su amada, hablándole de aquel mundo extraño.

-Yo aquí soy feliz y tengo compañeros. ¿Por qué he de irme a un lugar donde no tengo seguridad? – Pensó – además allí no hay leyes, ¿cómo viviría? Aquello es un completo salvajismo. No, no es para mí.

Y seguía dándole vueltas a la cabeza.

-De acuerdo, que yo vivo limitado por una cerca, pero soy feliz y no me importa. Me gusta el pasto que pertenece al hombre. Aquí no hay posibilidad de encontrar hierbas venenosas y comerlas por equivocación. Yo soy práctico y me gusta la seguridad, el techo que tengo, el amigo que me da su manzana diaria.

Porque el hombre es un amigo…todo es bonito aquí, a mí me gusta. Además, estoy acostumbrado a muchas cosas y sería incapaz de vivir sin ellas. Mis amigos son felices y aquellos caballos, ¿quién sabe si son capaces de serlo?

Ni siquiera por el amor se puede abandonar toda una vida llena de seguridad y de tranquilidad. Además, hay que ser conformistas. Yo lo tengo todo. ¿Qué más podría desear? ¿Para qué quiero libertad? Si verdaderamente eso no sirve para nada. Quizá me falte el amor…pero tampoco, porque las yeguas del rancho también aman. Y el día menos pensado…estaré enamorado.

Y así estuvo todo el tiempo, hasta que se hizo de noche. Indudablemente, él no había nacido para ser libre.

Se encontró con el caballo triste, que le habló muy animado y le contó todo lo que le había ocurrido. Este a su vez, también le contó que aquella etapa en que se sentía viejo ya estaba superada y que ahora tenía una yegua enamorada y era feliz.

Y así, contándose sus aventuras, pasaron a formar parte del grupo, de la comunidad, como siempre lo habían sido.

Hermosa bajó a la playa unos instantes, contempló el cielo y los puntos luminosos, que comenzaban a despertar ante sus ojos. Contempló el mar quieto y caminó por la orilla, dejando que la espuma se pegara a sus cascos.

Un pequeño hálito de tristeza se apoderó de ella. Y una lágrima resbaló al agua. Suspiró profundamente y murmuró despacio.

-Ay de mí, que mis ideas me llevan a caminar en solitario. Sin esperanzas de amor verdadero. Y con la sola compañía de estos amigos míos, que piensan como yo. ¿Estaré equivocada? ¿No será este mundo mío un mundo sin sentido? ¡Qué triste me siento! Mi corazón cantaba alegría hace unas horas escasas. Y de pronto, todo es oscuro. No puedo ir en su busca, porque no me gusta sentirme prisionera. Y él no viene a mí, porque no ve más allá de su cerca. Está claro que su ser no le pide libertad.

De pronto, sonó un disparo seco en el atardecer y Hermosa cayó desfallecida sobre el agua. Sin duda, a algún cazador furtivo se le disparó la escopeta. Y sin querer, el cartucho fue a dar en el blanco cuello del animal.

Muy pocos minutos de vida sentía en su interior la reina.

Agonizante, levantó la cabeza húmeda e intentó incorporarse.

Imposible, la carga le había destrozado la vena principal y se iba en sangre. Desistió.

Sus ojos llamaban en apacible silencio, al amado de su corazón.

- ¡Áton...! ¡Áton...!

Su mente intranquila, buscaba una sosegada visión y al instante, contempló una luz intermitente en el espacio. Una estrella…una estrella nueva, que no había visto anteriormente. Se subió a las alas de la imaginación y voló hacia ella como un pájaro. ¿Quién sabe si siendo pájaro lograría ser feliz?

Cerró los ojos la yegua y el ave surcó los cielos, volando hacía el infinito cielo.

Áton en ese instante, en otro valle distinto, dirigió la vista hacía el firmamento y observó como un gran pájaro plateado, desplegaba sus alas, dirigiéndose a lo alto. Algo muy brillante se desprendía de él, algo que fue a caer sobre su cabeza. Quizás en las alas, aquel pájaro, tenía adherido un poco de polvo de estrellas. Y quiso que Áton sintiese sobre él, algo de su influencia. FIN   - Año 1983

LA SONRISA DEL ANGEL

Ululaban en reunión, los vientos de los cuatro puntos a un tiempo. Se congregaron también los Elementos restantes. Había llegado el momento.

La Tierra bramaba de dolor y tras un violento espasmo, arrojó de su interior a su hijo el Fuego.

Luego, sacó a las Tinieblas y las esparció por las colinas y los valles en la noche.

El Trueno también acudió a la llamada. Así como los gemelos Inquietud y Desasosiego, acompañados de su madre la Tormenta.

Aquella reunión no era fortuita, todos habían sido llamados. Convocados por el cuerno avizor, que alcanzaba con sus alaridos las extrañas Esferas.

Pero - ¿Quién era el osado soplador del cuerno, que nadie podía soplar? y, ¿Por qué...?

En tiempos de la antigüedad, cuando todavía no existía el hombre, el cuerno despertó de su sueño, soplado por un dios celeste, que trajo consigo el primer Atman de Vida. Sopló al espacio y atrajo hacía sí las grandes fuerzas del Universo. Entonces se le apareció la Tierra Virgen. Un ser bellísimo que le enamoró hasta tal punto, que le hizo entregarle el Atman que traía. El dios quedó encantado de tal manera y ante tanta belleza, que, sin apenas darse cuenta, le ofreció como regalo su hermosa posesión: la lluvia. De esta unión del dios celeste con la Tierra, nació la vida vegetal, animal y mineral.

Por segunda vez fue soplado el Cuerno, cuando los dioses menores, fueron perseguidos por los Monstruos y huyeron a tierras extrañas. No se sabe con certeza quien pidió auxilio, lanzando su llamada de socorro a las estrellas. Unos dicen que Zeus, otros que Atenea, pero nadie lo sabe con seguridad. Lo cierto es que el Gran Cuerno sonó e inmediatamente, se abrieron las profundidades celestes y los dioses, quedaron a salvo, en otra dimensión del Universo.

Desde entonces no había vuelto a sonar... es decir, sí. Sonó por última vez, cuando llegó el Amor a reinar sobre la Tierra.

¡Ah, aquel dios sí que trajo consigo una auténtica revolución! Y eso que su única arma fue la ternura y su único deseo, la sonrisa para el ángel. Tres días han transcurrido, desde que aquel dios hiciera su aparición y mostrara sus dones a la humanidad. Tres días ha tardado en florecer su semilla. Y, no obstante, a pesar de los esfuerzos que realizaron las Tinieblas, para confundir, manipular sus palabras y provocar el caos. La sonrisa del ángel, puede que esté por fin, siendo recuperada.

El Cuerno cesó de sonar la última vez que sonó. Y dejó un eco en las montañas más altas. Todos los súbditos se reunieron en el lugar indicado, el Valle de las sombras. En aquel lugar, el sol no dejaba nunca sus rayos de luz y el calor no visitaba a nadie. Sin embargo, hubo un astro muy parecido a la luna terrena, que cada 60 días, dejaba caer sus rayos blancos y violáceos, sobre las piedras de mil colores nocturnos, de sus playas. Aquel astro fue la única luz que alumbró el mundo exterior de los elementos.

Cuando cesó por completo el sonido del gran Cuerno, hubo una tranquila calma. La Tormenta se tranquilizó, el Trueno se calló y el Fuego se debilitó, hasta convertirse en una humilde llama. El Viento dejó de resoplar y quedó hecho brisa. Y así pudo escucharse el murmullo del silencio y las notas musicales de las estrellas, que vivieron en la galaxia del mundo de los humanos.

Pero poco a poco y sin apenas notarse, fue restableciéndose el orden. El sol comenzaba a brillar de nuevo. La lluvia caía y florecían los prados. Y en un momento en que nadie parecía esperarlo, de nuevo, el gran cuerno sonaba. Y el conglomerado de seres impetuosos y de auténtico poder surgía. La llamada obtuvo su efecto, pero ¿dónde estaba él o la que provocaba tal estruendo...?

Esta vez no había sonado para hacer una llamada de socorro, ni para provocar un acto de amor, ni tan siquiera para separar alguna Era, no, esta vez había sido para algo terrible, para aquellos a quienes afectaba negativamente su acción. Pero también, para algo esperanzador, sobre quienes actuaba positivamente. Pero..., aclaremos a quienes, en general, afectaba aquel revuelo.

La anciana Tierra estaba sentada junto a los demás Elementos. Cabizbaja y sublime, recordaba historias del pasado y del futuro, que galopaban en su mente, como caballos desbocados y en tropel que, atropellan cuanto encuentran a su paso.

El Fuego subía en llamas centelleantes, formando figuras increíbles hacía el cielo. Desde el centro, su rostro de hoguera de la noche apaciguaba en cierto modo a sus compañeros.

El Viento caía tranquilo sobre la fresca hierba y demudaba, de vez en cuando su cara, al contemplar a los duendes de las llamas de su compañero el Fuego. Estos danzaban juguetones como si nada ocurriera, se besaban y desaparecían en la nada del espacio infinito.

El murmullo del Agua se escuchaba en un silencio sobrecogedor, mientras caía en cascada por la bella colina. Sus duendes no se escuchaban esa noche, tal vez porque estaban dormidos, o porque, como en los últimos tiempos, preferían reunirse con las sirenas, en el lago de "Los inocentes". Allí no había más que niños y como se sabe, los niños, solo suelen jugar.

La Estrella de la Mañana resplandecía, como siempre, sobre el firmamento y alumbraba la tierra y a todos los seres, sus hijos. Lo mismo que la luna plateada, redonda y hermosa, derramaba su amor y su misterio, sin cesar, sin buscar nada.

La anciana Tierra, estaba sentada junto al Fuego y de pronto comenzó a tiritar. Miró a sus compañeros y dijo.

- Algo sucede..., cerca de aquí hay alguien que necesita ayuda.

Se levantaron todos y fueron a buscar por el bosque cercano que, era de donde procedían los sonidos.

Entre unos matorrales descubrieron un cuerpo medio desnudo, casi harapiento, exhausto e inconsciente. Era un hombre que parecía haber sufrido una persecución, o maltratado por bandoleros ¿quién sabe? Vieron que tenía un sello en la frente, que rezaba "Hijo de la Vida", pero no hicieron comentario alguno. Lo condujeron hasta la hoguera y la madre Tierra, le hizo un hueco blando para arroparle. El Viento le abrigó con una brisa cálida. Y el Agua le salpicó un poco la cara. Al contacto con el fresco elemento, el hombre reaccionó, comenzando a despabilar.

- ¿Qué ocurre? ¿Dónde me encuentro... que ha pasado?

Preguntó buscando un rostro humano.

- No temas – dijo una de las llamas del Fuego. – Estate tranquilo, que aquí no ha de pasarte nada malo. Somos amigos.

El hombre pensó que se había vuelto loco o que estaba delirando. Sin embargo, se recostó apacible y confiado, sin cuestionarse más nada y se quedó dormido. Mientras tanto los cuatro Elementos, le cuidaron y le dieron alimento.

Al cabo de tres días empezó a reaccionar. Despertó del todo y preguntó.

- ¿Qué es esto? ¿Dónde me encuentro...que no veo seres humanos y, sin embargo, puedo comunicarme?

- No tengas miedo, somos amigos – Dijo el Viento – aunque no te lo creas, siempre hemos estado a tu lado. A pesar de que vosotros los seres humanos, no os dabais cuenta de ello.

Dinos, ¿qué es lo que te ha ocurrido…por qué te hemos encontrado tan pertrecho?

Hubo un silencio. El hombre bajó la cabeza hasta el suelo, como avergonzado y la anciana Tierra, le animó a que siguiera, comunicándole.

- No te preocupes, lo que ha sucedido, tenía que suceder.

El mundo estaba girando sin sentido. Y el amor se había casi acabado en la humanidad. Teníamos que buscar una solución, para tanto caos. Y tuvimos que sacrificar cosas y seres, para que surgiera de nuevo la Belleza, pues la Vida estaba muriendo.

- Lo sé – dijo el hombre apesadumbrado.

- Lo sé...por eso me encuentro tan desconsolado y caído. Porque vengo de una lucha feroz, que no os podéis ni imaginar.

Los cuatro Elementos se miraron, esbozando un suspiro de pícara complicidad y propusieron a un tiempo.

- Pero prosigue, prosigue... nos interesa que nos cuentes tu historia. ¿Qué es lo que te ha ocurrido, para que llegues a tal estado?

El hombre echó mano al bolsillo de su raído pantalón y sacó un paquete, un tanto arrugado, que contenía unos cuantos cigarrillos, medio destrozados. Sacó uno y tras ponérselo en los labios, le prendió fuego con una brasa de leña. Al instante comenzó el relato.

 Mi nombre es Dadin-amuH y soy uno de los últimos y pocos que han quedado... Veréis, mandábamos todos en una cabaña de barro. Donde el verano había caído, porque no daba ya su calor y el invierno, se notaba a todas horas.

 Queríamos llegar a alguna parte y, sin embargo, no andábamos dos pasos sin que el corazón se acelerase de puro miedo, incluso a veces de terror, por tanto, empacho de leyes muertas, de normas rígidas y poco amor entre todos.

Algunos ya habían dado la vuelta a la cabaña tantas veces, que andaban algo mareados y con las náuseas del desamparo y la pérdida del Centro Protector. Sin embargo, aquella cabaña se había levantado para la alegría, para el amor, para la vida.

Estaba rodeada de cielos claros y lunas rosas. Y las cintas de arco iris, la envolvían como un magnífico regalo para todo aquel que la visitaba o quisiera habitar en ella... por un día, por un mes, por 21 o 50 año. Por lo que fuese.

La cabaña era, en un principio, de colores: la arboleda verde y roja; el trigo dorado, la lluvia blanda, la luna plateada. Y el zorro y el criado aún no habían nacido, todavía no formaban parte de las semillas de nuestra cosecha cotidiana.

Tampoco en un principio, tuvimos la visita de la dama Muerte, ni conocíamos aún a la terrible ambición, ni a la serpiente de la ironía, ni al viejo desamparo...ni siquiera a la criatura más horrenda, el orgullo.

Pero a lo largo de los siglos, poco a poco y sin apenas darnos cuenta, comenzamos a dar pequeños paseos con el Deseo. Y pronto la señora Inquietud, fue carcomiendo nuestra alegría. Y el señor de lo Terreno, hizo su presencia, para darnos un regalo macabro: el olvido.

Nos mostró primero sus atractivos dominios de fantasía e irrealidad, pero nunca nos dijo, que cuanto vislumbrara nuestra mente le pertenecía. Que aquel que cruzara la frontera del corazón y se adentrara en los límites de la mente, sería atacado, amordazado y llevado a su presencia. Y a partir de ese momento, atormentado sin cesar, porque según nos quiso dar a entender, el reino del Pensamiento solo tiene un amo y por supuesto es él, el caballero Terreno.

A la persona que persistiera en mantenerse en los límites de la mente, le sueltan los perros de la Ilusión.

A veces le ponen grilletes de locura y, hasta la dama Muerte le controla sin cesar hasta el límite de sus fuerzas. Hasta derribarlo. No obstante, los que se mantienen en calma y no salen de los límites del corazón, o vuelven a él, no tienen porqué temer.

- Entonces es bien sencillo – Espetó la anciana Tierra – todo es cuestión de mantener la armonía. Es decir, de no salirse del lugar indicado. Las Leyes son inmutables.

- ¡Eso es lo que tú crees! – dijo el hombre – no es tan sencillo como parece. En un principio, cuando nace un ser humano, está integrado, o sea dentro de los límites del corazón. Pero eso solo ocurre al principio.

Después, al ir haciéndose mayor, va adentrándose poco a poco, sin apenas darse cuenta, en los límites de la mente. Porque las costumbres humanas le llevan a ello, adiestrándole desde muy pequeño. Hasta que, por fin, es atrapado por los secuaces del Señor del Pensamiento, o caballero Terreno. O lo que es lo mismo, la oscura dualidad. Y allí queda, hasta que es destruido o él mismo, con mucha fuerza de voluntad, se libera. Pero eso es muy, muy difícil.

Si echa de menos su lugar de origen, es entonces, cuando comienza una lucha atroz, contra las sombras. Sus propias sombras, sus propios miedos. Y no se sabe quién puede salir ileso, porque en la oscuridad es casi imposible ver nada, ya que estamos dormidos. Y pueden suceder cosas como "extraviarse", o simplemente, dar vueltas en el mismo círculo, durante miles de años, sin apenas advertirlo.

Muchos, solo se liberan con la muerte, porque no ven otro camino y se rinden a ella, después de una larga lucha y sufrimiento.

Como he dicho en un principio, en aquella cabaña, mandábamos todos o, mejor dicho, todos creíamos mandar porque, lo único que hacíamos era seguir el juego que nos imponía el Caballero Terreno, con sus normas estrictas y leyes antinaturales.

La mayoría de los hombres y mujeres que vivíamos en la cabaña, tras haber abandonado los límites del corazón, sufríamos luchas y persecuciones, casi a toda hora. Y por más que lo intentábamos, no había forma de escapar de las múltiples trampas que ponía el Amo de la mente y sus lacayos.

El Fuego, alargó hacía el firmamento una de sus llamas, como un ala que se expande en el espacio e inquirió.

- ¿Quieres decir que no había forma de salir de ese laberinto de ninguna de las maneras?

Dadin-amuH se encogió de hombros y dejó escapar un leve suspiro.

- Todavía no lo sé – dijo – aún no sé, si yo estoy aquí a salvo, si he podido escapar verdaderamente o no porque, el reino de la mente es como si no existiera, pero existe. Está en la oscuridad, pero al mismo tiempo se materializa en el plano físico. Y se ve y se siente su forma. O su no forma. Sobre todo, porque lo llevamos cada uno con nosotros.

- Vamos a ver – dijo la anciana Tierra, levantándose y dando un pequeño rodeo alrededor de la hoguera – ¿Pero el mundo del Pensamiento es real o no lo es?

Dadin-amuH lanzó de pronto su mirada al abrupto bosque y quedó como petrificado, por unos instantes. Comprendió que aún, no tenía la respuesta a aquella pregunta. El silencio caía por entre la noche y nadie era capaz de romperlo. Hasta que, por fin, dijo un duende, saltando entre los rescoldos de la hoguera.

- ¡Que hermoso es el amanecer! Es como si cada día, todo naciera de nuevo.

Y algo nuevo surgió realmente, en la madrugada. El rojo sol, aún no había soltado sus rayos por el horizonte, aun así, los pajarillos, ya estaban saltando por las ramas de los árboles y gorjeando sus primeros trinos. Las gotitas del rocío resbalaban jubilosas por la frente de Dadin y las flores, comenzaban a desperezarse, soltando a la mañana sus colores.

De la hoguera, solo quedaban los rescoldos y alguna llama fugaz, que salía de vez en cuando y se confundía con el azul violeta de la luz del día.

El Viento estaba recostado por el suelo y casi a punto de quedar dormido. No dijo más, tan solo. – perdona chico, pero necesito reponer fuerzas – y tras esto, emitió un pequeño bostezo y se quedó dormido.

El Agua seguía cayendo ligera y apacible por la cascada y emitía su clásico murmullo tranquilizador. Apenas se movía, podría decirse, pero sin duda, ¿era la misma que todos contemplaron al principio de la noche?

La anciana Madre Tierra, tomó al hombre de la mano y le dijo.

-Ven, te voy a enseñar algo.

Los dos se levantaron y fueron hacía una cueva que había cerca. Al entrar en la cueva, Dadin-amuH se sintió conmovido, sobrecogido, emocionado. Por fuera no parecía más que una simple cueva de piedra. Ni siquiera construida por mano alguna, porque procedía de la simple roca de la montaña. Y, sin embargo, por dentro era extraordinario lo que estaba contemplando desde aquel lugar.

La anciana madre comenzó un relato, mostrándole la cueva.

- Esta cueva oscura, está - aunque no lo parezca - repleta de las Tinieblas y las hijas de éstas. Como ves, hay algunos claros que apaciguan la oscuridad. Aquí entre monstruos y algún rostro luminoso, está Él. Se alimenta de sí mismo. Todo cuanto produce le da más fuerza, todo cuanto crea le hace crecer en alto, en ancho y en contenido. Es dueño y señor de un imperio tan grande como el mismo cielo, pero tan efímero como su propia razón de ser. No tiene principio ni tiene fin, pues ¿cómo se puede saber dónde comienza un pensamiento y dónde termina? No tiene forma, pero es todas las formas, ora princesa, ora reptil amargo y venenoso. Se casa a menudo con el Sentimiento para llevarle pesadumbres a los mortales y provocarles disturbios. Pero cuando se sienta en su trono y luce su corona de silencio, no hace daño a nadie y se puede encontrar el equilibrio. La Templanza lo acompaña en sus etapas de crecimiento personal, únicamente. Y solo con creatividad positiva puede dar de sí eternamente. Sin embargo, es tan difícil encaminar la creatividad de un modo positivo.

-Me imagino que ya sabrás de quien te estoy hablando – interrumpió la anciana. Y sin esperar respuesta, prosiguió.

Cuando ha sonado el cuerno, se han convocado a todos los seres inquietos del mundo, porque cuando llegó el Amor, alguien muy fuerte llegó con Él y aún no se ha alejado de la Tierra. Alguien poderoso y audaz que quería promover su reino también, a partir de entonces. Probablemente no le gustaba vegetar en su cueva inmunda, repleta de míseras tinieblas y caviló el modo de salir de ella y extenderse por todos los rincones del infinito cielo y la vasta materia.

Pero debemos recordar, que antes de que saliera el Pensamiento de su escondite, era el Sentimiento quien reinaba entre los hombres. El ser humano por aquel entonces era solo corazón. Vivía junto al regazo de sus Padres en armonía y perfecto equilibrio.

Hasta que llegó la separación de ambos y se condujo a sí mismo hacia la Tierra. Una vez allí, todavía realizaba las cosas por intuición y apenas pensaba, pero lo poco que pensaba se fue agrandando de tal manera, que llegó un momento imposible de controlar al Pensamiento y éste se hizo dueño del hombre y lo esclavizó.

El Pensamiento había nacido en los altares del hombre, incluso tal vez, en el seno de un rito, quizá para que fueran imperecederos sus días ¿quién sabe? Ya en la Tierra el hombre, el Pensamiento comenzó a multiplicarse como una fructífera semilla y se expandió silenciosamente, abarcando cada día nuevas y desconocidas extensiones. Llegaba al corazón de los científicos, de los políticos, de los sacerdotes y de los filósofos. Tomó las riendas del caballo de la vida y lo condujo hacía sus dominios. La Vida, a partir de entonces, ya no quería vivir, porque se sentía oprimida y humillada y no la trataban con el debido respeto. Ella quería dialogar con el Pensamiento, pero no llegaban a un acuerdo. La encantadora dama sostenía en todo momento, que vivir es sentir y el Pensamiento alegaba, que solo se podía vivir pensando. – ¡Qué dilema!
El Pensamiento tomó a la Vida y la encerró en una mazmorra, donde no entraba jamás la luz del sol, ni el aire. Y se marchó de allí dejándola sola. A partir de entonces, los cielos se ensangrentaron con vetas de rojo sol y los vientos se peleaban entre sí, gimiendo los unos y aullando los otros hacía la oscura luna escondida. La lluvia no era tal, sino torrentes desmoronados de lágrimas de la diosa Alegría, que contemplaba los acontecimientos con atormentado silencio. El Fuego comenzó a segar con su hoz encarnada, las vidas más primitivas y se deshizo de júbilo, atravesando los corazones ancianos de los árboles.
. La Tierra, la madre Tierra fue la única de los Elementos

que permaneció callada. El caos de aquel momento la paralizó. Y después de dar a luz a su hijo el Fuego, no fue capaz ya, de reaccionar con soltura, como lo hacen otras madres después del parto. Pero la situación era otra.

Como la hermana Vida estaba encerrada, el hombre empezó a dejar de sentir y poco a poco se fue convirtiendo en un ser pensante únicamente. Todo cuanto decía era producto de un minucioso análisis racional. Y todo cuanto era, estaba encerrado en una estructura muscular, creada por sus conceptos e ideas, pero no por sus sentimientos. De modo que poco a poco fue desapareciendo el Amor.

La anciana madre Tierra hizo una pausa. Hubo un largo silencio. Dadin-amuH quedó pensativo, no sabía exactamente porqué se encontraba en aquella situación, ni en aquel lugar. Dudó de que pocas horas antes estuviera rodeado de los cuatro elementos y lo que era peor, conversando con ellos. Pero miró a la anciana y se sobrecogió. Dudó también de que todo aquello fuera realidad. Sin embargo, se acordaba perfectamente de que los últimos ocho años habían sido de lucha cruenta en el Reino del Señor del Pensamiento y que había podido salir de él, aunque maltrecho y escarnecido.

Se encogió de hombros, se volvió un instante para comprobar si estaba solo o la anciana seguía con él y vio que allí estaba ella, a su lado, como si no se hubiese movido.

La anciana le hizo un ademán con el brazo, indicándole en la cueva y le dijo.

- Esto no es la Realidad. Esto es el exterior de las cosas, del mundo. Los seres que aquí dentro habitan son solo producto de vuestra mente. Habéis creado un mundo paralelo donde creéis habita la Realidad, sin embargo, la Realidad no está en este lugar.

- ¿Quieres decir, anciana madre que esto no existe, que mi lucha donde he salido tan mal parado solo es fruto de mi fantasía, de mi imaginación?

- Quiero decir que lo real no es detectable por vuestra mente. Que lo esencial forma parte del espíritu. Que solo es posible captarlo a través del corazón. Quiero decir hijo mío, que hubo alguien que quiso que su reino prevaleciera por encima de todo e hizo lo imposible por mostrar una realidad falsa y aparente. Puso un velo ante vuestros ojos donde contemplabais el reflejo de la Realidad, pero creyéndoos que era lo verdadero.

- Pero eso es imposible, ¿cómo puedes demostrarme eso? – Preguntó aturdido Dadin-AmuH.

- Mira – le indicó hacía afuera de la cueva, la anciana. Mira ese pajarraco.

Era el Caballero Terreno. Una especie de cuervo-hombre-felino de color oscuro y con unas pequeñas alas, que, sin embargo, podía abrir y extender a todo lo largo y ancho del mundo y cubrir con ellas, la mayor parte de la Tierra.

- Ese pajarraco, que bien conoces – prosiguió la anciana – ha sido y es el causante de todo. O mejor dicho, de la gran parte del caos que ha sufrido y sigue sufriendo el ser humano. Él ha sido el principal accionista de todos los bonos que la oscuridad ha repartido entre los hombres. Sin embargo, no hay culpable.

- ¿Qué no hay culpable? ¿Dices que no hay culpable, cuando todavía estamos manteniendo una lucha cruenta con ese caballero? El mundo está cada vez más poseído por él. El materialismo, el odio, la agresividad, la muerte, la violencia. ¿Te olvidas de la violencia? En mi mundo se acrecienta a pasos agigantados y los valores internos como el amor, la sensibilidad, la ternura, la intuición están desapareciendo, por no decir que están "caput", "muertos".

Nuestro mundo es un mundo mecanizado y sin corazón. Apenas queda ya naturaleza.

- De acuerdo, de acuerdo, no sigas conozco la historia. El caballero Terreno, como todos le llamamos fue el ángel que puso la primera piedra del desorden en esta Tierra. Probablemente pensó que el orden de su mente era el correcto e indujo a la primera humanidad a seguirle, pero eso no quiere decir que los padres no estuvieran allí, para indicar a la primera humanidad que no hacían lo correcto.

Hizo un breve silencio la anciana Tierra y prosiguió.

La verdad es que era muy inteligente y sabio, pero su sabiduría estaba muy lejos de la Realidad. Sus principios se basaban en la desigualdad, la separación y el dolor, causado por el miedo. Así con aquellos cimientos, construyó un mundo material y autosuficiente. Se hizo señor de su imperio y comenzó a gobernar. Sus súbditos eran cada vez más numerosos, pero no porque prefirieran sus normas y leyes estrictas, sino por miedo a la libertad, a la vida y a los terribles castigos de este amo. Fue entonces cuando el hombre empezó a perder su sonrisa de ángel.

El reino de este amo no tenía forma, porque estaba construido en un lugar llamado mente o pensamiento.

Pero, no obstante, hacía estragos en toda la humanidad, hasta el extremo de derribar a la mayoría por extenuación, locura o muerte física. Los hombres cansados de luchar contra algo intangible, invisible y aparentemente superior prefirieron siempre las muertes sucesivas y las consiguientes reencarnaciones, generación tras generación a enfrentarse a ese algo desconocido, pero que los podía controlar, manipular y derribar.

Tienes razón, prosiguió la madre Tierra – hoy el mundo aparece materializado. Las máquinas son más numerosas que los árboles y el caos es profundo. Pero no todo está perdido.

Precisamente esto indica que la oscuridad está desapareciendo y va a producirse el alumbramiento de una nueva Tierra y una libre y renacida humanidad.

Lo viejo desaparece. Los conceptos, las leyes, las normas que no se necesitan, quedarán en el baúl del pasado. No habrá nada que no Sea, que pueda permanecer. Solo lo Real Es. Y lo que Es no desaparecerá. Todavía hay una esperanza.

Como te dije en un principio, todo lo que está sucediendo, tenía que suceder. Es más, era necesario que sucediera… ven, paseemos un rato y te mostraré algo.

Dadin-AmuH y la anciana Tierra salieron de la cueva y comenzaron a caminar por el bosque, que dejaba dormida la noche y pretendía amanecer.

- Ves – dijo la madre Tierra - ¿no te das cuenta de que la noche no existe? Solo es un espejismo producido por la ausencia del sol. Los hombres han visto la noche y han creído que era real y han tenido miedo. Y con ese miedo no se han dado cuenta de que cada día vuelve a amanecer. La vida sigue sin pararse jamás. Siempre está en movimiento. Si el hombre sigue su propio ritmo, se conectará con ella y vibrará con una nota especial en el cosmos inquebrantable. Formará parte de la Vida y se liberará de la muerte, que es un espejismo, pero que la ve real por el velo que lleva puesto ante sus ojos. Y así tal vez, con el tiempo, podamos contemplar de nuevo, la sonrisa que un día perdió.

Caminaban despacio y las mariposas danzaban alrededor de ambos. Los primeros rayos del sol se habían abierto paso a través de la espesura de los árboles y Dadin-AmuH permanecía pensativo y en silencio, escuchando a sus interlocutores.

- No pienses más – dijo ella.

Dadin la miró.

- No cuestiones ya más nada. Solo vive. Siente con tu corazón todo cuanto hay a tu alrededor y dentro de ti. Lo demás no importa. Sucede porque tiene que suceder.
- Aún tengo miedo.
Dijo Dadin
- No lo tengas. Entrégate a la Vida. Siente los brazos amorosos de toda la naturaleza. Cómo te acarician, cómo te reciben y te miman. Deja que la Sabiduría del Orden Cósmico sea quien te guíe. No sigas pretendiendo ser tú quien tenga que cambiarlo y dirigirlo todo. Porque no hay una sola mente capaz de cambiar nada por sí misma. Solo cuando logramos la quietud de nuestra mente, entramos en la Unidad, en la armonía interior y exterior. Y podemos entonces dirigir nuestros destinos.
Solo cuando volvemos de nuevo al Corazón Interno, comenzamos a caminar por la Vida.

Al llegar a esta altura de la conversación, ocurrió algo extraordinario. La anciana madre Tierra dijo, por último.
- Tengo que irme ya, pero no olvides lo que te voy a decir. Vive la Realidad.
- ¿La Realidad? ¡Pero si aun no comprendo qué es la Realidad!
- La Realidad es el Aquí y el Ahora, hijo. Y sé siempre tú mismo. Pero no te confundas, porque tú mismo solo eres AMOR. Y el Amor es la alegría y el gozo de vivir.
Al decir la última palabra comenzó a desdibujarse, la amada Tierra. Sin embargo, aún dijo algo más.
- Desde el principio os he amado. Y no importa lo que haya sucedido hasta hoy. Todos hemos sufrido, pero ahora es el momento de reír, de renacer y de salvar lo que queda.
No miréis atrás. Hace falta mucha paciencia y fuerza de voluntad para no caer en los errores pasados.

Sanaos los unos a los otros, sembrad y multiplicad en todos aquellos lugares que están todavía vírgenes, con semillas para la abundancia, para la belleza y para la paz.

Ahora ya me voy, pero pronto nos veremos de nuevo…, adiós Hijo.

Como por arte de magia la anciana Tierra se desdibujó totalmente de delante de sus ojos. Dadin-AmuH se quedó sobrecogido y cayó al suelo, como desvanecido. Pero no estaba inconsciente, solo cansado, desmesurado y casi sin fuerzas.

De pronto, el cuerno volvió a sonar, pero esta vez algo más tenue, casi como un murmullo lejano.

¿Pero, quien lo soplaba, quien hacía la llamada a todos los seres de la creación?

Al poco rato escuchó un lejano murmullo. Intentó incorporarse, pero no pudo.

Llegaron hasta él un grupo de personas, que le rodearon.

 Es un hermano, mirarle el sello de la frente. Está extenuado, como hace poco lo estábamos nosotros. Vamos, entre todos, acerquémosle hasta la hoguera.

Uno de los hombres buscó unos troncos de leña y con ellos atizó el rescoldo que quedaba, apenas unas brasas. Rápidamente consiguió unas hermosas llamas. Trajeron un poco de agua y le dieron de beber.

Dadin-amuH bebió y se reanimó. Miró a su alrededor y contempló a un grupo de hombres y mujeres y también a algunos niños, que le miraban confusos.

¿Cuál es tu nombre?

Preguntó uno de ellos.

Mi nombre es Dadin-amuH, pero decidme el vuestro. Y ¿qué hacéis aquí?

Uno a uno fueron diciendo sus nombres. Eran doce hombres y doce mujeres. Y un puñado de chiquillos, que alborotaban por el tranquilo bosque, sin pestañear.

Y…lo que hacemos aquí – dijo uno de los más ancianos – creo que es lo mismo que estás haciendo tú. Buscar el lugar donde se halla lo que andamos buscando.

¿El lugar donde se halla lo que andáis buscando? ¿Y qué es ello, y como sabéis que yo busco lo mismo?

Lo sabemos por tu sello en la frente y lo que andamos buscando es la Estrella. El lugar donde se encuentra la Estrella de seis puntas.

Ya sé lo que andáis buscando, porque yo lo busqué primero hasta desesperar y casi al borde de la locura. . . pude encontrar a alguien que me indicó el camino. Sino hubiera sido por ella, jamás habría comprendido nada, ni hubiese encontrado el camino que me trajo aquí.

¿Quieres decir, que ya hemos llegado, que esto es la Estrella?

No os confundáis – dijo Dadin-amuH – lo que quiero decir, es que no existe un lugar, sino todos los lugares. Que no hay una Estrella en alguna parte. Y sí la hay… ¿Comprendéis? Esto es la Estrella, pero al mismo tiempo, no lo es. ¿Es que no lo veis?

Comenzaron a aparecer rostros confusos y extrañados.

¿Qué hemos de ver, no dices que no es este el lugar?

Lo que quiero decir es que la Estrella está en cada uno de nosotros – dijo Dadin – porque cada uno de nosotros es Amor, aunque aún no sepamos verlo. La Realidad es la simplicidad y esa simplicidad es la Unidad. Todo es la Estrella de seis puntas. Todo es belleza, todo es Amor. Mirad a vuestro alrededor y mirad dentro de vosotros.

¿No estáis conectados con la sintonía del Universo, acaso no vibráis con la naturaleza toda? pues eso es la Estrella de seis puntas.

Significa Unidad, significa Amor. Lo de adentro es lo mismo que lo de afuera y lo que es arriba es abajo.

De los niños podemos aprender, ellos la llevan consigo desde siempre.

Miraron hacía los niños y comprendieron que había una hermosa Estrella que los envolvía a todos. Se miraron unos a otros y comenzaron a reír, a besarse y a abrazarse, porque en aquellos precisos momentos eran conscientes de que tenían delante de sus ojos, aquello que tanto tiempo andaban buscando.

Se tomaron las manos y empezaron a bailar de alegría y contento.

La Vida dejó de soplar el Cuerno y cantó de nuevo junto a la humanidad. Jugaban y sonreían cada día, mientras repoblaban una nueva Tierra llena de esperanza, limpia de polución y desorden.

Y un día, mientras jugaban y sonreían ocurrió algo.

La Tierra, la anciana Tierra dejó de llorar. La hermosa cabellera del agua se onduló en una bellísima melodía. El Viento empezó a crear nuevas danzas y el Fuego sonrió con tan gran profunda belleza, que todos, absolutamente todos, miraron hacía los elementos y soltaron sus risas, su alegría.

La anciana Tierra murmuró entre árboles centenarios. – Vuelve a estar entre nosotros "la sonrisa del ángel".
FIN   - 1998

PLUMAS DE PLATA

DEDICATORIA
"A Carmen, amiga por un instante eterno."
Por el recuerdo de nuestros vuelos de Luz y alegría,
antes de que le cortaran las alas.
¡Gracias hija de la Luz!

INTRODUCCIÓN
Nuestros ancianos no necesitan "asilos" o "residencias de ancianos", realmente solo necesitan Amor.

Ser mayor no es sinónimo de "inútil".

Sin duda, hay excepciones, pero muchos mayores se sienten aún con enormes deseos de vivir y de realizar sus sueños más profundos. Lo cierto es que, un sistema rígido y antinatural, no permite que todo el mundo pueda expresarse de una forma creativa y con total libertad.

Hay que tener mucha fuerza de voluntad, para mantenerse firme en los propósitos para realizar aquellos sueños, que quizás no se pudieron empezar o concluir.

Este relato trata de eso, de la fuerza de voluntad que hay que juntar cada día en nosotros, para poder llegar a volar... cómo, cuándo y dónde realmente nos plazca hacerlo.

De hecho, este relato no se centra solo en el sector humano de la tercera edad, o "nuestros mayores", sino también en todas aquellas personas que - aun teniendo unas bellísimas alas para volar - pero ante el constante acoso de esta sociedad... (sin adjetivos, por favor) ... sus almas deciden claudicar, y abandonan unos hermosos sueños que podrían reverdecer en dulces prados de consciencia, en beneficio para todos.

Atreverse es no tener miedo, y no tener miedo es Amar, o lo que es lo mismo "Vivir". Pero desafortunadamente, no todos pueden lanzarse al "vacío".

Y con esto queda dicho todo. Porque unas alas que se cortan por lo que sea que fuere, pueden llegar a dejar al Universo, sin la aportación necesaria de armonía, que hubiera hecho posible expandir globalmente la canción de la Vida y el Amor.
Un lema que siempre promulgo, cuando alguien intenta manipular mi voluntad, es: "Vive y deja Vivir".
Migda-El izabeth

PLUMAS DE PLATA

- ¿Que hacéis con los pájaros eclipsados? – Preguntó la rosa, despertando con el primer estallido de luz de la mañana. Insistió de nuevo, a las sabias y enérgicas sienes en sus difuminadas canas.
- Hay que anular los últimos vestigios de hálitos de vuelo de sus alas. – Contestaron – No hay otro remedio, - Advirtió la boca rigurosa.
Se estremeció la rosa y en sus mejillas quedó iluminado el fulgor de un rayo de sol despiadadamente deshilado.
- No es posible que a los pájaros plateados se les dé tan triste destino. – Comentó la rosa de nuevo.
- Es el destino legal criatura. – Inquirió la misma boca.
- No es justo, sus alas son todavía hermosas, quizás más que nunca. Ahora su tono plateado brilla desde cualquier distancia, a lo lejos, a lo cerca, con el resplandeciente sol y con la purpúrea luna.
- ¿Es que acaso no veis – preguntó la rosa anonada – que sus cuerpos aún palpitan, que vibran en cada esperanza?

- No hay esperanza para las pieles ajadas, niña. Y no te entrometas, pues tu aroma de rosa tierna puede sentirse dañada.

- ¿Dañada, dices dañada? Si ya está dañada, con el roce de vuestras ideas sobre las plumas de plata.

- Calla insensata, que no entiendes.

- Tienes razón cuerpo sin corazón, no entiendo, pero siento... y veo que, la suave brisa que dejan las alas que amo, sobre mis tiernos pétalos, sobre mis hojas y mi frágil tallo, queréis que no la sienta, que no me abrace, que no haya entre los dos esa emoción profunda de amor sincero.

- Mira chiquilla, la cuestión no está entre un pájaro plateado y una rosa recién amanecida. La cuestión es más profunda y tu no la puedes entender, pues no se ha visto nunca que las rosas entiendan las cosas de los seres enérgicos y superiores, de las barbas enjutas y de los cabellos peinados hacía arriba. Una rosa tan pequeña y frágil como tú, no sabe nada del mundo y de la vida y lo mejor que puede hacer es callar y recibir la porción de sol y de agua que se le da diariamente, sin rebelarse ni hacer comentarios extravagantes.

La voz descomunal golpeaba la corola de la pobre rosa. Y abatida, sin poder ofrecer un último apoyo a su pájaro plateado, inclinó la cabeza a un lado preguntándose la razón por la cual, los pájaros de pluma ajada tenían que seguir un rumbo diferente y fuera de lo natural. No lo comprendía y por más que pensara, no lo podía comprender.

Entre tanto, Plumas de plata o pájaro plateado, amigo de la rosa, buscó un lugar en un rincón, donde llegaba el tibio calor del sol y se sentó a esperar.

- ¿A esperar qué? ¿A esperar desasirse de esos hálitos de vuelo de sus alas? Ese pensamiento le torturaba.

- ¿Cómo puedo no desear volar, si todavía mis alas se me despliegan solas, o es quizá mi ansia, únicamente la que me impulsa a sentirme activo y en realidad si lo intentara, caería lastimado, por la ceguedad de mi impulso obcecado? No sé, pero me siento vivo todavía... quisiera intentar por última vez, aunque fuera, desplegar mis grandes alas y empezar a batirme con el viento suave.

Deslizarme en un planeo casi olvidado, sentir la dicha de esa sensación sublime. Comenzar a subir y subir cada vez más alto, como en el cielo amplio de mis sueños. De estos sueños ajados ya de tiempo y de fuerza de olvido de los otros seres.

Sin percatarse siquiera la anciana frente de plumas plateadas, desplegaba sus alas y en un movimiento mecánico su cuerpo medio encorvado, se lanzaba en pos de unos ensimismados pensamientos. Aleteaba suavemente y su mirada perdida en el horizonte, recibía el cálido beso de un sol que abrazaba su rostro, avariento de esperanzadoras ilusiones.

Volvían sus alas a la tierra y las plumas rasgaban la arena con tal fuerza, que surcaban el camino andado. Su corazón recobraba fuerzas y su rostro iluminado se convertía en estímulo para los seres que podían percatarse de la gran proeza interior con que se encontraba henchido, el pequeño cuerpo del anciano pájaro plateado.

De pronto se vio en el firmamento, como antaño, planeando, agitando sus alas grises y blancas e intentando surcar cada vez, nuevos horizontes.

Solo los árboles y las flores podían contemplar los sueños de este corazón entusiasmado y rejuvenecido, porque estos seres, aunque parecen estáticos, son los que mejor saben ver lo que ocurre alrededor de ellos.

Aun se encontraba el anciano en pleno vuelo, cuando una vocecita tierna y sutil le escudriñó el deseo en lo más profundo del pecho y le hizo bajar en picado.

- Anciano de pluma blanca... eh, pájaro viajero, baja de tus sueños y acaricia un momento estos minutos de la Tierra. ¿Quieres que hablemos un poco? – Preguntó la rosa al margen de la eclosión que estaba produciendo?

El ave replegó el tesoro de sus alas y algo aturdido comenzó a mirar interrogante a la bella inquisidora.

- ¿De qué quieres hablar preciosa rosa?

- Pues, quería preguntarte si... ¿es cierto que te van a llevar lejos?

- Sí – contestó el ave, no queriendo ahondar en el tema.

- Bueno... ¿Dónde te van a llevar y porqué? Eso es lo que quiero que me digas.

- Ven criatura, ven a sentarte a mi lado y te contaré una historia.

- Yo no puedo ir, pues mis raíces están bajo la tierra -dijo la rosa - tendrás que ser tú el que tenga que venir a mi lado y sentarse sobre la tierra que me da vida.

- Oh, perdón, no me había fijado que no te puedes mover.

- Si, mover si me puedo mover. ¿No ves que puedo abrir mis pétalos, doblar mi tallo y balancearme suavemente a las caricias del viento?

- Si, tienes razón, de todas formas, quiero que comprendas que estoy algo anciano ya y no vivo más que de mis recuerdos, mis sueños y esperanzas. Y por eso muchas veces no me percato de lo que tengo a mi alrededor.

- No te preocupes que te comprendo, pues te he observado durante muchos días y sé que tienes un tesoro guardado en tu corazón y todavía muchas esperanzas. Pero también sé que los pájaros que hoy son adultos y que viven a tu alrededor no te consideran como debería ser y te tienen olvidado.

Y quizás por eso ya solo vives para adentro, para ti mismo, en tu mundo de sueños fantásticos, de un pasado que pertenece solamente a tu mente y a tu corazón. Sé que sufres en tu soledad, porque te sientes un poco marginado e inútil, pero no entiendo porqué quieren llevarte a otro lugar, ni para qué. ¿Tú podrías decírmelo?

- Claro que te lo voy a decir, pero primero te contaré una pequeña historia humana.

- ¿Una historia humana?

- Sí humana. Algo así como de seres humanos. Son esos seres enormes que viven a nuestro alrededor en comunidades y que se dicen a sí mismos que son los dueños de la razón.

- ¿La razón... y qué es la razón?

- La razón, niña, es algo que pertenece a estos seres llamados humanos y que por ella los pone en supremacía ante los demás seres que ocupamos la Tierra. La razón hace que el ser humano discurra sobre algo determinado y lo pueda juzgar.

- Pero yo he comprobado que los seres más inferiores también discurrimos. – dijo la rosa.

- No, no te equivoques, nosotros solo imitamos y seguimos la ley de la supervivencia, sin pararnos a pensar en conceptos.

- Tal vez eso nos hace ser más puros - observó la tierna mirada.

- Sí en cierto modo tienes razón. Pero dejemos ya de divagar y escucha esta historia que quiero contarte.

-Aquí empiezo. Los humanos nacen como todos nosotros. Al principio son criaturas pequeñas, que poco a poco y de acuerdo al paso del tiempo van creciendo, se hacen adultos, envejecen y mueren.

Ellos tienen una serie de procesos por seguir: cuando nacen, o sea en sus primeros años, sus padres se hacen cargo de ellos, los cuidan y los educan un poco. Cuando empiezan a desarrollarse son llevados a una especie de colegios-talleres, donde son adiestrados y desnaturalizados, sacando de sus corazones toda esencia pura y matando el orden natural de sí mismos. En definitiva, los hacen robots que caminan sin sentir, solo con el pensar. Cada persona desarrolla un máximo potencial según las exigencias del Mercado. En esos momentos aprenden unas cosas que se llaman profesiones y luego cuando son más adultos ponen en práctica estos conocimientos que adquieren en las escuelas-taller. Más tarde, cuando transcurren una serie de años y estos seres se encuentran imposibilitados de realizar dichos trabajos con la misma destreza, entonces son llevados a unos lugares llamados "casas de ancianos", que son lugares para el mantenimiento de las funciones vitales. Y estos seres que ya son ancianos, viven despojados de seguir realizando aspectos de ellos mismos, como son de entretenimiento, ocio y creatividad, con el fin de no enajenarlos, por no ser de utilidad al mundo que les rodea.

En esos lugares donde llevan a los ancianos humanos, hay otros más jóvenes que cuidan de todos ellos, sobre todo de los más enfermos y delicados, de los que necesitan más cuidados etc. Y así transcurre el tiempo hasta que les llega el momento de morir.

Cuando mis antepasados de frente ajada y plumas plateadas y doradas descubrieron esta forma de vida de los humanos, creyeron que era una buena idea tomarla como ejemplo y por esta razón yo voy a ser llevado a un lugar parecido a las "casas de ancianos" de los humanos.

Ellos, mis antepasados crearon esas casas para las pieles ajadas como yo, para que tuviéramos un lugar donde poder seguir realizando nuestra labor, pero de una forma más tranquila y sosegada. Y luego prepararnos pacíficamente para morir.

Toda esta es la historia de los humanos y la contestación a tu pregunta de ¿dónde me van a llevar y porqué?
La rosa cerró un instante los ojos y arrugando su frente preocupada volvió a preguntar.
- Entonces, si todo eso es un bien para ti, ¿porqué tus pájaros adultos dicen que hay que anular los últimos vestigios de hálito de vuelo de tus alas?
- Es que ellos creen que mi ansia de volar ha cesado y que cuando, en algún momento yo les hablo de que mi corazón ha recobrado fuerzas. Y mi impulso de volar se me hace necesario, no lo creen y piensan que, si trato de poner en práctica mis impulsos, lo único que lograré es hacerme algún mal. Levantar un poco de vuelo a mi edad, supone un gran esfuerzo y puedo correr el riesgo de caer en picado. En el fondo, ellos lo que desean es resguardarme de algún mal que me pueda sobrevenir. Y allá donde me llevan, las pruebas de vuelo están totalmente prohibidas... uno se dedica a realizar labores más apacibles y programadas.
- ¿Y qué labores crees tú que te destinarán?
- Pues no tengo mucha idea, pero he oído que pasearé mucho por los jardines... también dicen que entre los ancianos pájaros hay muchos juegos donde podré participar. Y la comida y el nido son extraordinariamente buenos.
- Todo eso está muy bien, pero y tú, ¿que será de tus ansias de volar?
- Ya te he dicho que yo soy muy anciano y que a esta edad corro el riesgo de hacerme algún daño involuntario.

Yo ya no estoy en mis plenas facultades, por eso tampoco estoy capacitado para responsabilizarme de mi mismo. Y no quiero caer en errores que puedan perjudicar a mis pájaros adultos.

- Mira, tienes algo de razón –dijo la rosa – pero no estoy totalmente de acuerdo en todo lo que dices. Tu ante todo precisas seguir volando, aunque sea a más baja altura. Si te llevan a la casa de ancianos, te cuidarán, pasearás al aire libre, intervendrás en los juegos de tus compañeros, pero casi todo serán actividades programadas, ya no serás tú. Tendrás que amoldarte a unas normas y en esas normas no cabe tu libertad para despegar de vez en cuando de la Tierra. Para tocar un poco el Cielo.

- Lo sé, hermosa criatura, pero no puedo hacer nada... en mis manos no hay argumentos, ni posibilidades para un cambio de planes con respecto a una anciana frente como yo.

- ¿Y ya no te volveré a ver más? - Preguntó la rosa, algo entristecida.

- Creo que no. Tú también tienes tu tiempo. Quizás un día podamos encontrarnos en el espacio, en forma de estrella, o los dos seamos aves en sus primeros vuelos, o tal vez dos árboles, que el uno al lado del otro se alimenta de la misma Tierra.

- Es muy bonito lo que acabas de decir, es precioso. A mí me gustaría que fuésemos estrellas y desde el firmamento mirar hacia la Tierra y contemplar toda la naturaleza, ver como los miles de especies de aves cruzan el espacio y la verde hierba abriga los árboles y los rosales donde crecen las flores. Ver que hace el hombre, ese ser humano del que tú me hablas, ¿cómo se comporta, como vive, que siente? ¿Al ser estrellas lo podríamos ver todo?

- Pues claro que si, pero las estrellas no razonan, ni juzgan, ni discurren, como tú y yo...y el hombre hacemos.

- No importa, quisiera ser estrella, para contemplarlo todo, para escudriñar hasta el más mínimo rincón de la Tierra.
- Vuelas tu muy deprisa, niña, más que algunos pájaros que creen volar muy alto.

La mañana comenzó a ponerse gris y unas nubes viajeras comenzaron a llorar sobre los verdes prados. Las flores se abrigaban con sus pétalos y hojas. Los animalitos corrían hacía sus madrigueras o hacía sus nidos. Solo los árboles y las montañas permanecían impasibles, recibiendo el golpeteo del agua, en sus rocas firmes, en sus verdes hojas, en sus troncos de majestuosa fuerza.
Un pájaro adulto llamó a la frente anciana.
- ¡Corre, pájaro desvariado, que vas a morir de frío!
- El anciano de piel ajada corrió a resguardarse. Se despidió de la rosa que había dejado que sus pétalos se esponjaran de agua, por hacerle compañía. Pero las rosas no mueren de frío. Quedó pensativa, ensimismada, envuelta en las palabras de su actual amigo.

Vinieron a buscarle, barbas enjutas y peinados hacía arriba. Y en silencio, sin dejarle despedir siquiera de la rosa, ya estaba en camino.
Contemplaba el paisaje y por vez primera vio los árboles balancear sus ramas en una onda ligera. Vio la espesa hierba. Y en la orilla de un río hermoso, cientos de flores silvestres: amarillas, rojas, azules, blancas, de infinitos colores. Recordaba a su querida amiga la rosa, que no pudo despedirse, que todo fue tan rápido que no tuvo tiempo ni de darle un saludo.
Iba doliente, pensativo, casi escondiendo las alas, como si no quisiera que los demás las vieran. Y los demás no las veían, hablando de sus cosas.

Sintió frío a pesar del buen tiempo, incertidumbre, temor, angustia.

- ¿Qué me espera dios mío? Que triste me siento. Si yo quiero quedarme y volar a mis anchas por mi verde prado. Si no tengo otro antojo que sentirme yo mismo. Si no quiero molestar a nadie. Nadie se tendría que preocupar de mí. Comería... comería cualquier gusano que encontrara por la tierra. ¿Dónde me llevan, dónde? Quiero que mis amigos sean la rosa y la escarcha del rocío. No sé si podré amoldarme. Si podré vivir mucho tiempo sin desplegar mis alas ni un solo instante. Para soltar mis sueños.

Y así en su ensimismamiento no se dio cuenta de que ya estaban cerca.

- Eh, abuelo de pluma blanca, que ya llegamos. Despierta de tus ensueños, que aquí no vas a tener tiempo ni de respirar, ni de soñar despierto. Todas tus horas tendrás ocupadas, tanto que al llegar la noche quedarás rendido y dormirás como buena marmota.

El pájaro anciano salió de golpe de su interior, observando unos rostros maliciosos y unas miradas frías y desprovistas de corazón.

Entraron en la casa de los ancianos, no era muy grande, un pequeño patio de piedra gastada con tres árboles mustios y medio secos, con ramas desnudas y solitarias. Un espacio con recipientes para comer, otro con nidos no muy confortables para dormir y otro destinado como sala de juegos.

Esta vez sí que se le pronunció el frío, el miedo, la angustia, la extraordinaria sorpresa ante el espectáculo deprimente.

Le mostraron cuál era su espacio, su recipiente y le dijeron que podía pasear por el patio a las horas estipuladas.

El horario parecía muy rígido: al amanecer tomar su porción de comida, inmediatamente después entrar en el taller para realizar los trabajos de mantenimiento para el cuerpo y la mente, que consistían en tareas obligadas de limpieza y luego caza de alimentos; después un poco de ocio y paseo. Enseguida la hora de la comida principal, descanso en el nido y luego los ejercicios físicos, hasta la hora del paseo nuevamente. Otra vez comida y enseguida de vuelta al nido para dormir hasta el día siguiente. Todo ello vigilado muy de cerca por los pájaros adultos responsables.

Sin sentir deseos, tuvo que comenzar a amoldarse, a integrarse, si bien no con las normas ni los que las implantaban, al menos con sus compañeros que corrían la misma suerte y aunque formaban parte del mismo embate, ya no se rebelaban por sobrevivir.

Pasaron unos días y la monotonía ya se le hacía irresistible.

- ¿Qué estoy haciendo aquí? – pensaba. Esto no es lo que yo esperaba. Me habían hablado de seguir realizando mis aspectos más positivos.

- Yo esperaba encontrar flores y verde hierba, y al menos algunos árboles rebosantes de ramaje verde...un espacio grande, sino para poder volar un poquito a escondidas, al menos, para dar grandes paseos...pero esto...esto es solamente la preparación para un final más rápido, más cruel, más despiadado. Aquí no hay fuerza, ni energía, ni vibra nada. Porque no hay nada que pueda vibrar en un desierto como este. Esto es automatismo, normas frías que son difíciles de seguir, pero que no tenemos más remedio que hacerlo, porque por encima de todo está el instinto de supervivencia.

Aquí no hay amor y el que pudieran haber traído en sus corazones los otros pájaros plateados, ya se despidió de ellos.

Porque...unos han perdido la razón, y otros se han amoldado tan profundamente, que son realmente autómatas. No se dan cuenta ni de lo que hacen, ni de lo que les hacen hacer. Han aceptado este frío desierto como algo irremediable, como algo que viene unido a sus destinos. Esto me aterra, no sé si podré resistir este vacío sin nombre.

Teniendo estos pensamientos, dejaba llevar su mirada hacía un cielo donde revoloteaban los pájaros jóvenes y los ya adultos. Y se ensimismaba. Y los sueños de algunos años atrás comenzaban a galopar por su mente, a lanzarse añoranzas desde lo profundo del pecho. Su corazón empezaba a latir de nuevo, desde que llegara, y sus alas querían alzarse en un rápido vuelo para empezar a escapar de aquella horrible pesadilla.

Ya por fin llegó al máximo de la desesperanza, cuando una barba enjuta hizo que golpearan en sus sienes, las palabras más terribles que nunca creyó tener que escuchar.

- ¡Hay que recortarle las alas!

- No! - Gritó desesperado - ¡Mis alas No!

- Es la norma, no creas que lo hacemos por gusto. Es lo que debemos hacer, lo que está establecido hay que aceptarlo.

El pájaro plateado ya no tenía fuerzas, estaba a punto de eclipsarse del todo, y cayó derribado ante la infame injusticia.

Al despertar, sus grandes alas habían disminuido a un tamaño tal que quedó paralizado, deshecho, sin aliento para pronunciar ni siquiera algún lastimero quejido.

- Las normas son las normas. Las estúpidas normas que no comprende nadie, al menos como yo...

Vencido y en un apartado rincón del patio empedrado, quiso hundirse en un pozo de melancolía, pero no tocaba fondo.

Desesperaba y retornaba ágilmente a la superficie, para alcanzar sus recuerdos. Creía morir de pronto, y un hálito de esperanza brotaba en una chispa de amor, que resurgía de su corazón enamorado de la vida.

- ¿Qué puedo hacer ya? Sin alas nunca podré salir de aquí. Ahora sí que estoy vencido.

Sin darse apenas darse cuenta, comenzó a caminar hacia un lugar de juegos, donde las otras frentes ajadas, entre un pequeño bullicio, bebían el vacío latente, como la última copa de hastío que no quisieran tomar jamás, pero que estaban tomando.

Sintió que el juego no le atraía demasiado, que sus compañeros ya no eran pájaros plateados que se pudiesen contemplar con admiración, a menos que se les contemplase con los ojos del corazón. Vio que sus alas descuidadas hacía ya mucho tiempo, que habían dejado de sumergirse en las frescas aguas de un río de púrpura y acogedora ternura. Contemplaba sus frentes ajadas y descubrió que, entre las plumas difuminadas, habitaba una tristeza insondable. Se estremeció. Las miradas huecas se posaban sin hálito sobre las piezas de juego, que lentamente se deslizaban en los tableros de madera resquebrajada. Por unos instantes sintió deseos de huir, de correr hasta estrellarse contra las paredes del patio... pero algo le mantenía paralizado, quizá la misma impotencia.

Trató de esperar la hora de la noche con paciencia. Podría salir sin ser visto, y contemplar un poco el cielo estrellado. La luna tan redonda le haría compañía, y le ayudaría un poco a reconocer a sus amigas las estrellas. Esa luz de plata era su mejor compañera, cada vez que la veía brotar en el espacio infinito.

Quedó quieto en su nido los últimos instantes en que todos entraban a formar parte del mundo de los sueños.

Y cuando supo que ya no quedaba nadie que no estuviera entregado al merecido descanso, se levantó muy despacio, y se dirigió hacia un desnudo árbol. Allí a su vera sentado, miró fijamente la luna bella y quedó así horas, contemplando como las nubes se desmadejaban entre su redondo cuerpo de plata.

- Si pudiera ser estrella - se dijo - podría contemplar la Tierra, y ve cuanto ocurre en ella. Sabría qué es de mi amiga la rosa. ¡Cuánto me acuerdo de ella! ¿Habrá terminado ya su destino en este mundo? Ha pasado ya mucho tiempo y no sé nada, como me gustaría verla.

Sin darse cuenta se quedó dormido a la intemperie. Toda la noche la pasó allí acurrucado. Y al amanecer, cuando una de las barbas enjutas salió para distribuir las órdenes del día, le increpó enérgicamente. No se percató de que su cuerpo estaba completamente helado, incluso había encogido por la fría escarcha y le costaba mucho incorporarse a su postura normal.

- Mira, anciano de frente ajada y plumas difuminadas, eres un insensato. ¿No comprendes que puedes morir de frío y nosotros somos tus responsables? Si lo vuelves a hacer se te castigará duramente, poniéndole una red a tu nido para que no puedas moverte durante la noche.

El anciano, desconcertado y todo dolorido, no sabía qué decir. Quedó mudo ante tales reprimendas, y de sus ojos comenzaron a brotar las primeras gotas de dolor acumuladas.

- No llores estúpido! ¿No comprendes que aquí lo único que tienes que hacer es obedecer, y de ese modo serás tratado como te mereces?

Lo tomó por las alas (o lo que quedaba de ellas) y entre empujones lo introdujo dentro del comedero, para que tomara su porción de alimento de la mañana.

Los demás ni se daban cuenta, ni se enteraban de lo que ocurría, eran como piedras puestas en un lugar y que ya no respiraban. Eran como árboles secos con ramas mustias y huecas, como el empedrado del patio. No había otro nombre para ellos, más que "sin vida". Eso era lo que parecían, seres sin vida. Sumergidos en el mundo de sus recuerdos desfigurados y gastados por la monotonía de las repetidas transgresiones diarias a las que estaban sometidos. Por la falta de control y de cuidado. Fijados en esa dimensión de la mente, donde no tiene cabida otra cosa más que el automatismo. Porque salir de la suave onda de los recuerdos (aunque fueran confusos), de los sueños de antaño, de las bellas escenas desdibujadas de otros tiempos, supondría una desgarradora visión de la realidad. Esa que se manifestaba entre unos cuencos de comida diaria, el polvoriento empedrado de un patio mustio y desierto, unos juegos mecánicos y primitivos y, un nido deshojado para descansar el cuerpo de las torturas del alma.

Tomó su porción de alimento y volvió a salir a recibir también un poco de sol, que le hacía falta para entrar en calor. Los otros ancianos, deambulaban de un extremo a otro del patio, como satisfechos de obtener su paseo diario. Ya nada les importaba, porque ya, de casi nada se percataban.

Vio entrar en el patio a una de las frentes adultas de pelo peinado hacía arriba, que llevaba abrazado a su pecho un ramillete de flores silvestres de muy variados colores. Se dirigió hacia uno de los árboles y comenzó a hacer huecos en la tierra, al lado de la base del tronco. Esta frente volvió la vista atrás y vio que nuestro pájaro de frente ajada la estaba observando.

- Eh, tú - dirigió su mirada a Plumas de Plata - ven aquí y ayúdame. Tú que pareces más fuerte. Necesito hacer estos huecos para plantar las flores silvestres, que nos han traído de los prados verdes.

Corrió el anciano sin pensarlo, pues le atraía la idea de contemplar de nuevo una flor, y.... ¿quién sabe si entre todas ellas estaría allí su rosa, su amiga querida y recordada?

¡Estaba, sí estaba, era ella! La tomó con mucho cariño y quiso acariciar los pétalos con sus ojos.

- Deja de hacer tonterías y empieza a introducir las raíces en la tierra, sino pronto morirán - dijo la frente ajada.

El anciano se dio prisa, pues las pequeñas flores se mantenían inertes y tuvo miedo. Después de haber hundido en la tierra sus raíces, trajeron un poco de agua y como un rocío la dejaron caer sobre sus tiernos pétalos. El agua resbaló por los encorvados tallos y fue a sumergirse en la tierra para encontrarse con sus raíces.

La adulta frente peinada hacia arriba se retiró diciéndole al viejo que se alejara también. Sin embargo, la frente ajada no hizo caso y quedó allí esperando a que las florecillas reaccionaran.

Al cabo de un buen rato, parecieron reanimarse. El cálido beso del sol las estaba despertando y ya habían recibido el agua y el alimento de la tierra.

El pájaro plateado miraba a la rosa con los ojos muy abiertos, esperando que le reconociera, en cuanto recobrara el sentido. Pero la rosa, al abrir sus pétalos, preguntó sorprendida.

- ¿Quién eres, acaso el que me ha traído aquí? ¿Y porqué me miras de ese modo?

- ¿Es que no me reconoces, no te acuerdas cuando charlábamos en aquel prado verde, junto al río? - Preguntó Plumas de Plata.

- No, de verdad que no me acuerdo...lo siento. Además, yo soy muy joven, apenas nací hace unos días-

- Sí, ahora que lo dices, me doy cuenta de que eres más pequeña, de que casi eres un capullo de rosa todavía. Posiblemente mi ansia de encontrar a una vieja amiga me ha hecho ver en ti, a la que yo esperaba encontrar. Pero solo ha sido una ilusión más, de esta vida tan desconcertante.

- Sin embargo, yo te conozco, pájaro de plumas plateadas - dijo la pequeña rosa - Mi madre me habló mucho de ti. Me contaba que conoció un ave con muchas ansias de volar, con muchos sueños en su corazón. Que parecía viejo, pero que su cuerpo y su plumaje vibraban de emoción al desplegar las alas un poco difuminadas. Que quiso poder volar a pequeñas alturas con los suyos, pero no pudo, y que un día lo tomaron de sorpresa y se lo llevaron lejos, muy lejos a una casa de ancianos que las frentes enérgicas y los pelos peinados hacia arriba, aprendieron a imitar y construir de unos seres llamados "humanos".

- Desde luego niña, no estás desorientada, parece ser que tu madre te habló mucho de mí.

- Sí, quedó muy sola sin tu compañía, pues los otros pájaros adultos no se detienen a hablar con las flores.

- ¿Y qué ocurrió con tu madre, qué destino siguió?

- Pues un día - contestó la tierna rosa - siendo yo apenas un tierno brote, se acercó una máquina enorme y comenzó a cortar las rosas más hermosas. Y entre ellas estaba mi madre, ¡pobrecita! Un poco más tarde la volví a ver, en un lugar muy alto, estaba dentro de algo que era transparente y contenía mucha agua. La veía a lo lejos, hasta que pasaron algunos días y ya no la vi.

De pronto, una mañana, no muy lejos de donde yo estaba, la divisé en la tierra tirada junto con las demás.

Estaban todas mustias, ajadas, marchitas y muertas. Yo, a partir de entonces, imaginaba que mi destino sería el mismo que el de ella, pero un día una frente enjuta escarbó la tierra donde me encontraba con mis compañeras y comenzó a sacar nos de allí con nuestras raíces. Lo mismo hizo con otras florecillas silvestres, que son las que ves por aquí. Entonces empecé a quedarme dormida, hasta que he despertado ahora y te he visto aquí a mi lado.

- Este no es un buen sitio para las rosas tiernas como tu - dijo la frente anciana.

- Lo malo es que yo no puedo sacarte de aquí. Mira este lugar, está cercado por un patio empedrado, como puedes ver. Y no hay otro lugar de salida más que uno, donde día y noche lo vigilan las barbas enjutas y enérgicas.

- No parece que estés muy contento de estar en este lugar, ¿no te tratan bien? Preguntó la rosa.

- No es eso, es que es un lugar triste y sin hálitos de vida. No hay naturaleza, ni espacio abierto donde poder desplegar un poco las alas. Esto, está vacío y sin vida y a los seres ancianos de frente ajada que hay aquí, los han convertido en seres mecánicos.

- ¿Y no has pensado nunca en salir de este lugar? Tu eres pájaro y puedes volar, aunque ahora a tu edad sea a más baja altura, tal vez.

- No ves que me recortaron las alas? - dijo Plumas de plata entristecido.

- No me había fijado en ese detalle, discúlpame. Pero dime, ¿cuánto tiempo tardarán en volver a crecer tus alas?

- Pues probablemente, algunos días más. - le respondió el anciano.

Hablando y hablando se contaron casi todos los pormenores de sus vidas, y al terminar la conversación la rosa le dijo a la frente anciana.

- Mira, estate alerta y cuando te crezcan las alas, saldremos de aquí los dos.
- Pero eso es imposible - dijo el pájaro ya desesperanzado - ellos se darán cuenta y me las volverán a cortar.
- Tu escóndelas todo lo que puedas - le animó la rosa con valentía.
- Y haz prácticas de vuelo durante la noche. Aunque el lugar sea pequeño, no importa, tú hazlas y no te dejes llevar por la desesperación.

El pájaro plateado hizo todo lo que le había sugerido la rosa, y cada noche batía sus alas en impulsos suaves, para no hacer ruidos ni levantar sospechas.

Esta vez no se olvidó ni un solo día de regresar a su nido, después de las proezas, pues sabía que se jugaba el todo por el todo.

Pasaron los días y conforme le crecían las plumas, lograba alcanzar más altura. Ya casi estaba llegando a las más altas piedras del muro, pero aún le faltaba más impulso, tenía que seguir practicando. Corría el riesgo de que en cualquier momento vinieran a cortarle las plumas de nuevo.

Las últimas noches las pasó practicando sin descansar un solo minuto. Por el día se encontraba agotado, y en las horas de paseo y de ocio, se recostaba en el árbol seco a dormitar junto a las florecillas, y por supuesto, junto a la tierna rosa que era su más fiel alentadora.

Por fin llegó la noche esperada. Se acercó a las flores y comenzó a escarbar la tierra. Desnudó las raíces de tierra y obstáculos y dejó a la rosa, libre de ataduras. La rosa le beso la frente y le dijo.

- Tu sabes que lo vas a lograr. ¡Animo! Pon todo tu impulso y seremos libres.

El anciano temblaba. La rosa se le empezó a dormir en los brazos de plateada pluma. La tomó suavemente con el pico y se dispuso a lanzarse a la más grande aventura.

Se quedó un momento quieto, sin aliento, pensando si lo podría conseguir. Pero... ¿Qué pensar ahora, si ya no podía echarse atrás? La vida de la rosa dependía de él. Ella había puesto su plena confianza en aquel pájaro de frente ajada y no la podía defraudar, es más, no la podía dejar morir.

En un impulso inconsciente, levantó el vuelo. ¡Sus alas le obedecían...! Ya faltaba poco para llegar a la última piedra del muro. Ya no faltaba nada, un último impulso... ¡lo logró! Por fin dejaba atrás la pesadilla, esa cárcel de piedra.

Volaba ágil pero bajo, sin descanso. Quería alejarse cuanto antes, no llegara a ser que salieran a buscarle.

Por fin, cansado, pero ya lejos, muy lejos de aquel lugar de desespero, comenzó a bajar a la tierra.

Vio que el lugar era hermoso. La naturaleza rebosante, se manifestaba en todo su magnífico esplendor. Vio un río y se acercó a él, y en la orilla comenzó a socavar la tierra. Deposito con cuidado en el hueco las raíces de la rosa y le trajo un poco de agua con el pico. Apretó la tierra húmeda y esperó.

Tardó esta vez en recuperarse la tierna rosa, pero al fin lo hizo. Abrió sus pétalos y contempló los grandes ojos de su amigo, el pájaro plateado.

- Estaba preocupado - dijo el - tardaste mucho en reaccionar. Mira a tu alrededor, todo esto es nuestro, nos pertenece. ¡Somos libres! Ahora podremos vivir tranquilos. A ti no te podrán poner en esa cosa enorme llena de agua y a mí, no me tendrán dando vueltas por un patio empedrado, hasta quedar vacío y sin aliento.

Los dos se miraron, y Plumas de plata posó dulcemente sus entornados ojos por los tiernos pétalos de la rosa.

Empezaron a sonreír, y después a reír a carcajadas. Y el pájaro ajado de plumas plateadas se lanzó de nuevo hacia el cielo. Voló un rato y el viento suave besó sus ojos. Por primera vez, desde hacía mucho tiempo, se sintió feliz, disfrutaba de aquella libertad.

Bajó de nuevo a la tierra, junto a su rosa. Sabía que tenía que cuidar de ella, pues necesitaba una porción de agua cada día, para seguir viva, y en aquellos momentos, solo él podía procurársela.

¡Que poco necesitan los seres sencillos para ser felices y estar "vivos" ...!

Las cosas del alma son así.   - FIN

TERCERA PARTE

"¿TE CUENTO UN CUENTO?"

DEDICATORIA

*A todos los niños. Pero sobre todo y,
si eres adulto…al niño que eres, deseándote de corazón
que siempre lo lleves contigo donde vayas,
aunque tengas más de 1000 años.
¡Nunca dejes de jugar!*

FANTASIA

No, esta vez no voy a comenzar mi relato con el "Erase una vez…" y no es que me disguste, es que tengo que presentarme primero, y después explicaros porqué estoy aquí.

Soy una elfina, esposa de Elfos del Tiempo. Para que os hagáis una idea, soy algo así como un hada. Me imagino que ya sabréis lo que es eso. Bueno, pues para aquellos que no lo sepan, un hada es un ser extraordinario, que puede visitar a los niños cuando le plazca y a veces consolarles, otras ayudarles, también premiarles por su buen corazón, y en fin, sería interminable la lista de lo que puede hacer un hada. Si os interesa saber de qué estamos hechas, pues depende especialmente de cada niño o cada ser humano, que haya logrado traspasar la frontera de la verdadera sabiduría. Hay tantas hadas como imaginación y fantasía. Y como esas dos cosas forman parte de todos los seres, pues os puedo asegurar que somos reales, es decir de verdad. Si no os lo creéis, podéis hacer una prueba. ¿Por qué no se lo preguntáis directamente a vuestra imaginación? Esta también habla, pero solo a aquellos que estén preparados para escucharla. Como ya os he dicho antes, los que hayan logrado traspasar la frontera… os voy a decir un secreto, los niños sois los mejores preparados para escucharla, por vuestra inocencia. Pero algunos adultos también la tienen.

No os voy a contar ahora por qué estoy aquí, pues ya lo iréis descubriendo a lo largo de todo el relato. Mi misión es muy delicada y espero que me ayudéis, pues a veces las hadas, por mucho poder que tengamos, no tenemos suficiente y necesitamos de seres como vosotros, que nos echen una mano.

La forma de prestarnos vuestra ayuda es muy sencilla, solo tenéis que recordar siempre, aunque os hagáis mayores, al niño que sois ahora.

Veréis que, de ese modo, si alguna vez os pusierais tristes, el niño pequeño que lleváis en vuestro corazón, aunque fuerais adultos, siempre tendría respuestas para daros. Y de ello os vendría la felicidad y la paz.

Y ahora voy a empezar este relato, que traigo de lejanas tierras. Es la historia de un niño que vivía triste y ansioso, porque todas las cosas materiales que le rodeaban, no le podían dar la felicidad. Y la verdad es que, no precisamente se encuentra la felicidad en las cosas materiales, sino que tenemos que buscarla dentro de nosotros, en nuestro corazón y en las cosas pequeñas del cada día. Cuando nuestro corazón nos hable y sepamos escucharle, entonces estaremos en el camino que nos lleva a ella.

El campo comenzaba a despertar, un último bostezo y ¡zas!, ya todo el mundo estaría en pie. Los primeros en canturrear eran los pájaros, pero de verdad quien primero se despertaba era la luz, que venía en brazos del sol. Este la traía un poco entre dormida y despierta y la dejaba muy suavemente sobre la Tierra. Y es que no la podía dejar de otra manera, imaginaos que un día va y la deja de golpe, ¡pobrecita! Entre que está medio dormida, ¡menudo susto!, cualquiera sabe lo que podría ocurrir. Menos mal que la naturaleza es sabia.

Como la luz no quería estar sola, empezaba a despertar a unos y a otros. Primero a las flores, que abrían sus pétalos y bebían el rocío (un delicioso néctar que cae del cielo).

Ellas, después se quedaban quietecitas, meciéndose ligeramente, esperando que los pajarillos y las mariposas, fuesen a tomar su alimento, que como sabéis es el polen.

Segundo, se ponía a corretear tras una ligera brisa nocturna, por entre los árboles, hasta que ésta, vencida, tarareaba muy bajito, la última canción de la noche.

A las estrellas las cubría con una sábana finísima de color azul de arco iris y ellas se dormían dulcemente. A la luna la había sorprendido varias veces, entre dormida en alguna mañana, pero como nadie le decía nada, la luz no podía rechistar. Además, solo se dedicaba a mirar. Con un ojo cerrado y el otro abierto, queriendo estar siempre despierta, pero sin luz por ser de día, curiosa y callada ella, parecía que, a lo tonto a lo tonto, se empapaba de todo lo que sucedía en la Tierra. Y más que el sol, porque éste no se podía quedar nunca por la noche. Y ella disimuladamente y haciéndose la despistada, se paseaba a sus anchas por todos los rincones habidos y por haber del planeta. Pero eso sí, en cualquier momento de la noche, podías hacerle la pregunta más difícil, que te la contestaba. De todos modos, solo te hacía caso de noche, pues era cuando estaba bien despierta. Por el día, aunque se quedara en el cielo, tenía la mirada muy ocupada fisgoneando y no se enteraba si la llamabas. Era muy posible que creyese que solo mirabas hacía arriba para ver pasar un avión.
El río dejaba las aguas teñidas de noche en el fondo del mar y tomaba ese color transparente de la mañana, que te hacía pensar en un cristal líquido, que bajara de la cima de las montañas más altas.
Ya todo estaba en perfecto movimiento. La naturaleza seguía un orden mágico que ningún ser humano podía alterar. Y hablando de seres humanos…. un rinnnnnnnngggg! de metal horrible, era lo que despertaba al hombre. Pero… ¡parecía imposible!

Con lo suave y delicadamente que se despertaban todos los seres en el campo. No podía ser que el hombre se despertase con semejante artilugio ruidoso, vulgar y extravagante. Ni siquiera el gallo cuando se despertaba con mal humor, armaba tanto alboroto.

Pero así era. Además, hay que comprender que el hombre vivía en la ciudad…y allí, todo era diferente. En la ciudad, por ejemplo, no existe la imaginación en sus formas naturales. Después del terrible susto, que no era el único del día, unas máquinas que había en la cocina comenzaban a danzar con un ritmo estratégico y ensordecedor: que, si el pan saltaba por los aires, que, si los huevos chillaban de rabia al ser fritos con el jamón, que la fruta y la leche se mareaban dando vueltas en una cosa llamada batidora… ¿Y las prisas? ¡Ah, las prisas! Todos los días sonaba la misma canción mañanera.

- ¡Que se hace tarde, daos prisa!

¡Uf!, Todo era un descontrol. Parecía como si no hubiese nadie capaz de poner orden. Al final, todo el mundo salía malhumorado, sin decirse una palabra. Los mayores al trabajo, a esas fábricas enormes, encargadas de fabricar cortinas de humo, que luego extendían sobre sus cabezas para que no entrara el sol. Y los niños a la escuela. Había escuelas estupendas, que se podía entrar sin temor, pero la verdad es que había muchas más, que carecían de toda creatividad. Y esa es una de las cosas que más necesita el niño, oportunidad para crear cosas bellas. Poner las bases, los cimientos, para que, de adultos, realizasen cosas realmente bellas y extraordinarias.

Los adultos vivían llenos de prisas, casi siempre preocupados en infinidad de cosas superfluas, como ganar mucho dinero, comprar enormidad de aparatos ruidosos, o hacer crecer casas altísimas, que al estar unas al lado de las otras, no hacían más que formar sombra, y así las ciudades se volvían frías y grises. Pero, aun así, los adultos no son malos, lo que les ocurre es que tienen la cabeza hecha un lío, y como no tienen tiempo para cosas sencillas, porque no se dan un respiro, pues no se enteran de muchas cosas. Cosas pequeñas pero hermosas, como por ejemplo el mundo de los cuentos, o quiénes son los gnomos o quizá cómo es el mundo de la ilusión.

La verdad es que, con tanto aparato artificial, se olvidan de lo más esencial. Vosotros los niños, sabéis perfectamente que lo más esencial de todo, es compartir con los demás la vida, esos momentos estupendos que tenéis y que deseáis que sean los más felices posible, y que a veces no lo son tanto, porque los mayores no están a vuestro lado. Pero no lo están por lo que os he dicho antes, es que tienen muchas cosas en la cabeza. Por eso a veces conviene que nosotras las hadas, los duendes u otros personajes, del país de Ilusión, se den una vuelta por la Tierra, trayendo alguna historia que los pueda hacer recapacitar un poco. Hablando directamente a los niños, e incluso a veces, algunos mayores. Porque, aunque no lo creáis hay muchas personas adultas, que hasta nos pueden ver. Y comprenden muy bien a los niños. Pero ¿sabéis porqué? Pues porque dejan muchas veces el mundo de los mayores, para adentrarse en el mundo infantil. Sencillamente, ellos se han dado cuenta de que una vez también fueron pequeños, y de ese modo saben que pueden entrar en ese mundo maravilloso y lleno de fantasía, que vosotros y nosotros conocemos y otros no pueden ver. Es entonces, cuando todos nos damos las manos y como en los cuentos, vamos en busca de las más extraordinarias aventuras.

Como soy un hada, me gusta aparecer y desaparecer como el aire, por eso a veces causo muchas sorpresas.

Ya las iréis comprobando a lo largo de estas páginas. Ahora voy a seguir con el relato. Estábamos en que todos salían malhumorados de sus casas, porque todo eran prisas y desorden.

Pues bien, Joshua que es nuestro protagonista, tenía la gran suerte de vivir en el campo, pero su familia trabajaba y él iba al colegio.

Esto no les solucionaba nada, o al menos casi nada, porque les ponía en una situación muy parecida a la que hemos descrito anteriormente. Solo con la diferencia, en este caso, de que habían trasladado los ruidos y las prisas al campo. Pero lo triste es que, como ellos, había muchas familias que hacían lo mismo.

Amiguitos, a veces las gentes parece que no comprenden que la Naturaleza se basta a sí misma y que si le llevamos ruidos extraños, lo único que puede ocurrir es que se enferme. Ellos no saben que, si la dejaran tranquila, con sus sonidos naturales, ella les daría muchas cosas a cambio, por ejemplo, sus cantos tan especiales: el de las praderas, el de los valles y los campos. El corazón del hombre volvería posiblemente, a recobrar esa paz que ahora está convertida en prisas. Acaso, ¿no os gusta a vosotros escuchar cantar a los pájaros, o el murmullo del río cuando baja para encontrarse con su amiga la mar? Siempre se desliza una bella canción. Y hasta la brisa del viento suave, cuando se escucha, nos ofrece su amor. ¿Cómo no escucharlos? Es como si la Naturaleza sabia, supiese que todas las medicinas para la salud del hombre estuviesen en ella. Pero a ellos se les olvidó ya, que una vez fueron chiquitines.

Joshua – nuestro protagonista - contemplaba en los fines de semana, toda la estupenda vegetación que podía encontrar en el campo.

Muchas veces se quedaba absorto en la contemplación de los animalitos, de las flores y plantas, o sencillamente de alguna nube viajera. Solía pasear tranquila y curiosamente por las peñas y montes cercanos. Su familia no se preocupaba si se alejaba un poco, porque sabían que, a sus siete años, era muy prudente. No obstante, y a pesar de que estaba rodeado de cuantos juguetes deseaba y de cuantas distracciones pueda llegar a aspirar un niño de su edad, no era feliz.

Es decir, se aburría muchísimo. Pero ¿cómo podía ser que un niño que tenía prácticamente de todo se aburriese? Pues sí, Joshua se aburría. Los juguetes le cansaban rápidamente Les dedicaba poquísimo tiempo porque no le satisfacían. Por eso se marchaba a caminar y se le pasaba el tiempo escudriñando peñas, examinando animales raros, investigando cuevas. Y aún con todo eso, no estaba satisfecho. ¿Qué le ocurría, pues, a Joshua?

Cierto día se encontraba en la falda de una pequeña colina. Se había detenido a descansar y observaba cómo pasaban las nubes ligeramente, anillándose en las siguientes montañas, que sobresalían en bastante altura. Mientras bebía un poco de agua de la cantimplora, podía sentir la suavidad de la mañana. Decidió quedarse un rato más, al cabo de este comenzó a ponerse triste. Iba a reanudar la marcha, cuando de pronto, algo diminuto, parecido a una mariposa comenzó a importunarle. ¿Os imagináis quien podía ser? Pues sí, era yo, pero seguid, seguid leyendo que ahora veréis porqué me presenté allí.

Me puse delante de su cara y revoloteé, ofreciéndole unas divertidas piruetas. Luego le pregunté.

- ¿Qué te ocurre Joshua? -

Él se asustó un poquito solo, y dijo: - Eh, ¿quién eres tú, y cómo sabes mi nombre?

El chico no sabía siquiera a quien le hablaba, creo que apenas escuchó mi tenue vocecilla. Ya sabéis que soy muy pequeña, y aquella voz le pareció que salía de la mariposa. De todos modos, no estaba muy seguro y me miró bastante asombrado.

- Yo soy un hada - le dije para tranquilizarlo - para ser más exacta, soy la esposa de Elfos del Tiempo.

El niño no salía de su asombro y preguntó.

- ¿Que tú eres un hada? Pero… ¿un hada de verdad?

Joshua miraba con insistencia a la mariposa, que era yo, sin creerlo demasiado. Yo le volví a hablar.

- Ya lo creo, y he venido para ayudarte en lo que te pasa, pues he sabido que no eres feliz, y tú mismo no sabes porqué. No me cuentes nada, pues ya te puedes imaginar que tengo en mi poder infinidad de secretos. Te conozco porque he estado cerca de ti, junto a los animalitos que tú mismo acariciabas, y he descubierto que estás triste porque te falta...

Imaginaos, hice un movimiento rapidísimo en torno suyo, dejé caer un halo de polvo de estrellas púrpura, desde mi varita mágica y en un abrir y cerrar de ojos, Joshua pudo contemplar una maravillosa aparición.

A unos pocos metros de donde estaba sentado, atraje hacía él una estrella, que, en un destello muy fugaz, dejó caer en el suelo un reloj antiguo de bolsillo.

Luego, y con la misma velocidad, la estrella desapareció. Joshua retrocedió un poco asustado, pero no había perdido de vista el objeto que dejó caer la estrella, y fue hacía el.

- Ahí va, si es el reloj de papá. Él me contó que era su objeto más preciado, ya que tenía un poder especial el de transportar a quien lo llevara puesto, a cualquier lugar que la persona deseara.

- Dijo Joshua estupefacto - Mi abuelo se lo había regalado el día que se casó con mamá, y éste también lo recibió de su padre. Es un reloj bastante antiguo y creo que muy valioso, por sus poderes.

Joshua corrió hacía el, lo tomó en sus manos con especial cariño y lo abrió, dejando ver el maravilloso engranaje de los números, y las manecillas que marcaban las horas y los minutos.

Yo le pregunté si le gustaba, y él me dijo que sí, que además de ser muy bonito, lo que más le atraía era que fue de su padre. Estaba muy contento.

- ¿Te gustaría que fuéramos a un lugar muy hermoso? - Le pregunté.

- ¡Claro que sí, me encantaría!

Entonces, me enredé en sus cabellos, me deslicé hasta su oreja, y le dije al oído, que lo apretara muy fuerte entre sus manos y las pusiera junto a su corazón pues, íbamos a hacer un viaje.

- Vamos - le dije - que quiero llevarte a un lugar muy bonito. Vamos a ir a mi país, y vas a llevarte una gran sorpresa.

Joshua no se hizo de rogar e hizo lo que le pedí. Juntó sus manos y con todas las fuerzas que pudo apretó el reloj de su padre entre ambas y las llevó junto su corazón.

Joshua se dio cuenta de que era muy feliz, porque de pronto, allí en medio de las colinas un hada le había traído el reloj de su anciano padre, aunque él ya no estuviera ya allí. No comprendía nada, pero tampoco le importaba demasiado, porque ahora parecía ser que vendría algo mejor.

De pronto, otra vez lo mismo. Aquello le parecía que iba de maravilla en maravilla. De nuevo le envolví con la estela de estrellas púrpura.

A él le pareció algo increíble, y apenas habían transcurrido unos pocos segundos y el reloj nos había absorbido literalmente.

Un remolino de luz estelar nos engulló entre la esfera del reloj y contemplamos las horas y los minutos dar vueltas en espiral y a nuestro alrededor.

A Joshua solo le dio tiempo de decir en voz alta.

- Esto tiene que ser un sueño!

Inmediatamente nos encontramos enredados en una ola de plata. Lo que nos envolvía y llevaba era lo más parecido a los luceros y miles de estrellas que componen la Osa Mayor, o la Vía Láctea.

Pero lo que más asombraba a Joshua era que estaba viajando por el espacio y desde el interior del reloj mágico de su papá. Yo no me separaba ni un momento de su lado, y a pesar de que el trayecto no fue muy largo, tuvimos tiempo de divertirnos mucho. Le enseñé la historia del firmamento, que otro día os contaré a vosotros, pues es un poco larga, y ahora no viene a cuento.

Cuantas estrellas Joshua contemplara desde la Tierra, ahora las rozaba con sus dedos, cuantas nubes de algodón viera transcurrir viajeras por el cielo, entre las cimas de las montañas, ahora se enredaban en su cara y parecían sábanas de azúcar, que golosamente atrajeran las agujas del reloj.

Enseguida llegamos a un país muy lejano de la Tierra, llegamos a mi país. Y si os lo imagináis, os podré decir que se encuentra allá donde tienen sueño las estrellas. Bajamos a la ciudad Blanca, y en esos precisos momentos, allí abajo, en el interior de un castillo construido con lunas rojas, nacía un pequeño y fantástico ser.

Sus padres eran los Cuentos y se llenaron de alegría, porque era muy hermoso y además traía con él una gota de savia del árbol de la esperanza. A partir de aquel momento, el Amor se acrecentó en aquel maravilloso lugar y llegó a ser, con el tiempo, el hijo predilecto de todos los relatos.

Cada vez más atónito, Joshua se iba adentrando más y más en nuestros mundos tan desconocidos, pero tan hermosos para él. Aunque lo más grande fue, cuando al poner los pies en el suelo, se encontró con la sorpresa más grata de toda su vida. Todos nos recibieron con grandísima alegría, y él no se sentía extraño en ningún momento. Me dijo que le parecía como si hubiese estado allí en anteriores ocasiones. Realmente se sentía como de la familia.

Y allí estaba la sorpresa: ¡el padre, entre tanto personaje de cuento! Parecía increíble, pero era cierto.

- ¡Padre! - gritó Joshua al verlo. Enseguida se lanzó a correr a su encuentro. El padre abrió sus brazos de par en par y el niño se abrazó a ellos, como si fuesen el refugio más grande que hubiese en todo el Universo.

- Padre, estas aquí. Me dijeron que te habías marchado a un viaje muy largo, y que nunca más te volvería a ver. Yo, en el fondo sabía que eso no era cierto, que un día u otro te volvería a encontrar. Estoy muy contento padre.

Los contemplábamos entre las flores, abrazados, era muy emocionante.

- Yo también estoy muy contento de que estemos juntos de nuevo. Ahora me gustaría enseñarte muchas cosas, pues para eso has sido traído, y para darte el Amor que necesitas. Ven, caminemos juntos y te mostraré todo muy despacio.

Padre e hijo caminaban cerca del castillo. En sus alrededores hay un lago hecho de Armonía, sus aguas de cristal se iluminan al anochecer, por los rayos de plata de una luna rosa permanente.

Todo rebosa de bosques y valles de un colorido muy especial, las flores abundan y los pájaros y las mariposas no cesan de impregnar el aire libre, con sus vuelos y trinos. Toda clase de animales tienen cabida en estos parajes, ciervos, ardillas, gatos de monte, caballos salvajes, ratones, en fin, como el lugar es inmenso, cada especie puede tener el ambiente adecuado.

Llegando al lago se sentaron para charlar apaciblemente.

- Aquí, hijo, a la sombra de los árboles y al viajar tranquilo de los nenúfares, sobre la superficie tranquila de esta agua de luz, crece la historia de todas las fantasías del universo.

Le hablaba pausadamente el anciano padre, su voz era clara y sus palabras concisas. Joshua observaba sus cabellos blancos, eran largos, igual que su barba y se asemejaban a hebras de plata.

Pensó por un momento, que no recordaba que tuviese un cabello tan hermoso. Y siguió escuchándole, parecía que quería beber sus palabras porque sabía que contenían toda la verdad y la sabiduría que jamás nadie le hubiese llegado a enseñar. Y así estuvieron durante mucho rato.

Al poco tiempo del nacimiento de la criatura fantástica, nos reunimos todos para decidir su bautizo. Los Cuentos, principalmente, decidieron organizar una gran fiesta, a la cual estaban invitados todos los personajes que figuraban escritos en sus páginas, y además todos los que quisieran acudir de lejanos lugares.

Príncipes y princesas, marqueses, reyes y reinas, duendes, elfos, animales todos, y un larguísimo etc. De todas partes comenzaron a llegar carruajes, caballos, barcos, globos, en fin, era tantísimo el personal, que resultaba del todo imposible el ir enumerándolo. No sabíamos dónde acoger a tanta gente.

Pasó mucho tiempo hasta que pudimos alojar debidamente a cuantos invitados llegaban.

Al fin, todos quedaron instalados. Pero solamente entonces, los cuentos decidieron que debían comenzar las fiestas.

Busqué a Joshua y a su padre, y los llevé a uno de los mejores lugares, para que pudiesen contemplar de cerca los acontecimientos. Joshua era muy feliz, y no sabía que iba a presenciar uno de los acontecimientos más espectaculares, que jamás hubiera podido imaginar. Yo me alejé para ayudar a las demás hadas en la presentación de la ceremonia.

Tras un pregón dando la bienvenida oficial a cuantos allí había, comenzó la primera ceremonia, la cual consistía en el bautizo del recién nacido. El lugar fue cuidadosamente escogido.

Al pie de una montaña de coral, que dejaba caer muy suavemente sus aguas en cascada. Allí la luz caía a franjas por entre los árboles, y en grandes bocanadas en el espacioso valle. Entre un estallido de luz de la mañana, y un canto de agua y aves, daba comienzo la tan esperada ceremonia.

Las rosas, los lirios, las margaritas, las lilas, el azahar y todas, todas las flores le habían pedido al sol una de sus hebras de hilo dorado.

Y tejieron con sus pétalos una alfombra enorme, y todo el valle quedó cubierto a ras de la tierra por infinitos colores.

Los pájaros, a su vez, pidieron a las montañas que dejaran en libertad el eco de sus trinos, y así se llegó a escuchar doblemente un canto dulcísimo, que llegaba más allá de las cimas.

De la Sonrisa tomaron unas gotas y del Llanto, unos pétalos de lágrimas, y todo ello lo colocaron en una mitad de cuenco de ostra. El hada de la Luz, con su varita mágica, rozó la concha y fue esparciendo una estela de diminutas estrellas, dentro del recipiente cóncavo.

Y el elfo del Tiempo, mi esposo, le dejó un beso de plata en su frente, para que los sueños le acompañaran durante toda la eternidad. El Viento de la Noche, trajo una ligera brisa malva-azulada, envolviendo a modo de manto a la frágil criatura. Esta parecía hecha de cristal y auroras, de espuma de mar y aroma de bosques. En esos momentos, los Cuentos posaron a la diminuta figura, en los brazos del elfo y la elfina de los Espacios Encantados, que eran los padrinos. Estos, como regalo especial, le ofrecieron el nombre de Amor eterno, dedicándole estas bellas palabras:

- Este nombre traído de los remotos confines del punto del Oriente, te ofrecemos con nuestro respeto y como regalo, dándote la bienvenida a la Vida. Tú serás la nueva esperanza que brotará en la Tierra, en su momento preciso. Que seas una nueva fuerza y fructífero en todo país que te sepan apreciar y recibir.

Con las últimas palabras, le entregaron un pajarillo con tres colores del Arco Iris, y alas de púrpura. Seguidamente, Amor eterno fue introducido entre las gotas y pétalos.

La mañana llamó a la lluvia de rocío, que se presentó, y acarició su tierna figura. Después voló sobre las flores, los árboles y los animales, y éstos fueron despertados al ritmo tranquilo de todo cuanto estaba sucediendo, al ritmo maravilloso de la naturaleza.

El pequeño ser quedó cubierto por una fina capa de pétalos de lágrima y gotas de sonrisa, y al sacarlo habían aumentado sus bellísimos colores, siendo su resplandor mucho más fulgurante. Todos comenzamos a entonar cantos de alegría y felicidad, disfrutando de una fiesta maravillosa. Y los Cuentos con sus personajes, eran inmensamente felices, porque en aquellos momentos, no estaban representando el papel que tenía designado cada uno, sino que estaban realmente viviendo algo nuevo y diferente. Algo muy personal e íntimo.

La fiesta era espléndida y duró mucho tiempo. Tras la ceremonia tuvimos bailes, juegos, paseos, meriendas, excursiones... hasta que poco a poco fue terminando todo.

Con calurosas despedidas, abrazos entrañables y promesas de volvernos a reunir, todos fueron partiendo rumbo a sus países y ciudades, hasta que quedó el valle, solo con sus habitantes.

Joshua era un invitado especial, pues tenía que esperar nuevos acontecimientos. Estuvo muy entusiasmado con los festejos y conoció a muchos personajes importantes, sobre todo de los cuentos. Pero él se quedaba... al menos de momento.

Amor eterno iba creciendo, se alimentaba del néctar de las alas de los sueños, y bebía de la ternura de la fuente Feliz.

Pasaba el tiempo de los Lirios Y Amor eterno y Joshua se hicieron amigos. Tenéis que saber, amiguitos, que en nuestro país no corría el tiempo para Joshua. pero sí para el hermoso Ser. Aunque esta criatura fuese eterna en nuestro mundo, en el vuestro ya no estaba tan seguro, todo dependía como siempre de las gentes. de vosotros los niños, y de los pocos o muchos adultos, en resumen, que lograban pasar la frontera del olvido, ya sabéis, lo que os conté al principio.

Como os he dicho, Amor eterno seguía creciendo, junto a los pájaros, entre la caída del agua de las cascadas, acompañado de los alegres juegos de los animalitos del bosque y de Joshua.

A menudo, los dos preferían las noches cálidas a los días de sol y luz.

Sus corazones latían más fuerte, soñando los colores del crepúsculo. Iban en busca de la noche y de los amaneceres. Eso era así, al atardecer, se recostaban apaciblemente sobre la hierba escarchada de los montes amados.

Contemplaban las estrellas lejanas, las que dejaban caer sus resplandores sobre la Tierra. Sabían los dos que un día tendrían que partir juntos a descubrir ese cansado paraíso, ese extraño mundo para Amor eterno, habitado por los humanos, y que una y otra vez, se dedicaban a destruir entre ellos.

Aunque no le importaba mucho lo que pudiera encontrar allí, pues sabía que siempre contaría con su amigo Joshua y con otros muchos niños. Infinidad de niños que nunca le abandonarían. De todos modos, había sido creado para una misión y no podía rehuirla.

Amor eterno no estaba triste, pues no sabía lo que era la tristeza, así que se dedicaba con Joshua a subir en las alas de los pájaros nocturnos, y acercándose al centro del lago,

se enredaba en la estela viajera de la amiga de ambos, la luna rosa, y desde allí volaban hacía infinitos lugares, para adquirir conocimientos. Todo esto se asemejaba a una danza dorada, que envolvía al viento y los Sueños en un éxtasis profundo y, en esos momentos alcanzaban el camino hacia la Estrella Solitaria. Esta, les esperaba como cada noche, con su luz chispeante, con una sonrisa despierta. Una vez allí, los tres se dedicaban a escudriñar los secretos del Universo. Y a menudo, enredados en los largos resplandores de la luz de ella, bajaban al mar clavado en la playa, de los humanos. En aquel lugar, se esparcía una calma y una tranquilidad muy parecidas a las de nuestro país. Aunque el mar siempre ha sido diferente a los lagos y a los ríos. Nosotros no tenemos mar y por eso, muchas veces nos gusta bajar hasta él, para aspirar el aroma a sal tan gratificante, y también para que nos acaricie un poco, la brisa de las olas y nos envuelva en las tibias tardes de los veranos.

Pero Amor eterno ya se estaba dando cuenta, de que algo muy especial comenzaba a atraerle enormemente, y procedía de allí, de las playas del país de los humanos.

Posiblemente, lo que os acabo de decir, ya le estaba llamando a él. Sabía que había llegado el momento, porque esa atracción no engaña nunca.

Sentía que ya estaba preparado y así se lo dijo a Joshua. Los dos juntos habían conocido la noche verde de los océanos, el rumor de la playa les contó innumerables historias, la luna rosa de nuestro país les dio a conocer el secreto de su existencia, dejándoles ver la estela plateada que lanzaba enamorada, sobre las olas espumosas. Volvieron abrazados, entre el resplandor de un vuelo mágico. Volvieron tristes y contentos al mismo tiempo, a decirlo a todos.

Ya, todo estaba en los últimos preparativos. Nadie derramó lágrimas porque todos sabíamos que era una misión vital, que había de llevarse a cabo en el mundo de los humanos, y que requería de la máxima entereza.

Joshua abrazó a su anciano padre, y éste volvió a abrirle los brazos de par en par. Entre los dos comenzó a brotar el amor verdadero, de nuevo, como tantas veces ocurriera, estando juntos, antaño en la Tierra. En aquel maravilloso país, que es el de las hadas, los cuentos, Ilusión, y toda la fantasía imaginada o por imaginar, surgió de nuevo. Su padre entonces, le habló.

- Joshua, hijo mío. Ha llegado el momento de despedirnos. Sabes que estamos juntos, aunque nos separe la distancia, porque cuando el Amor florece, no hay poder en el Universo, que lo pueda destruir.

Recuerda todo lo que te he enseñado, y todo lo que has aprendido aquí. Como sabes, Amor eterno irá contigo, porque no solo eres tú el que necesitaba ayuda.

Hay muchos niños y adultos, que en la actualidad la necesitan. Cuando llegaste, te ofrecí una esperanza con mis palabras. Ahora tú tienes que darlas a conocer en la Tierra. Aquí has aprendido a amar, no te olvides nunca de que eso, es lo más importante que tienes que poner en práctica, para poderlo enseñar.

De nuevo, Joshua tomó el reloj de su padre y lo estrechó fuertemente junto a su corazón. dando las gracias a todos, y en especial a su amado padre. Ambos se abrazaron repletos de Vida y gozo. Pusimos rumbo a la Tierra, y como en las anteriores ocasiones, me lancé en un vuelo, dejando las estrellas de púrpura alrededor nuestro, y con unas mágicas palabras, en unos segundos nos encontrábamos rasgando los cielos.

Esta vez habían aumentado los pasajeros, pues lanzados al maravilloso viaje, nos encontrábamos Joshua, Amor eterno - por cierto - un cargamento muy especial y yo.

Joshua era otro, diferente al que vino en el viaje hacía mi país. Ahora había recobrado la sonrisa, pues la tristeza por haber perdido a su papá era la causa de su ausencia de ilusión por la vida, y esta se quedó enredada en una de las ramas del árbol de la Esperanza.

Amiguitos, estamos llegando al final de nuestro relato. Llegamos a la Tierra en un abrir y cerrar de ojos.

Pronto, Joshua, comenzó a tener nuevos amigos, y a disfrutar completamente de todos los momentos de su vida. Como por arte de magia, parecía que había recobrado la felicidad. Su familia que no notó la ausencia, porque ya os dije que no pasaba el tiempo para él, en cambio, sí notaron que estaba diferente, mejor, muy animado. Pero vosotros ya sabéis que había aprendido mucho, de la mano de su anciano padre, en nuestro país.

Lo cierto es que él también tuvo deseos de aprender, y por eso, no se le negó nada. Se trajo consigo el comprender la causa, que le hacía tanta falta en la Tierra, pues ya sabéis que era un niño con mucha ansiedad y desgraciadamente triste, por la falta temprana de su papá.

Y las cosas materiales, incluso todos los juguetes del mundo, no le satisfacían. Con Amor eterno logró comprenderlo y aceptarlo.

Os voy a decir algo. Si alguna vez os encontráis como Joshua, por las mismas circunstancias, o parecidas. Si os sentís abrumados, sin saber qué os ocurre, y sin encontrarle sentido a nada, pensad que tal vez os falte un poquito de cariño, entonces abrid vuestro corazón y permitirle que ame.

Id corriendo a darle un abrazo muy fuerte a vuestros familiares. Después, cuando estéis en la cama solos, a punto de dormir, cerrad los ojos y llamad con todas vuestras fuerzas a Amor eterno. Pero llamadlo en silencio, para adentro, así os oirá mejor. Porque Joshua lo trajo para compartirlo con todos. Amor eterno, sabía que, al venir a la Tierra, sería de todos. Y aunque lo trajo Joshua y lo compartiera, jamás se desprendería de él, porque al darlo, más recibiría él en su corazón, este don. Ya que cuando se da, más se recibe.

Sí, amiguitos, Joshua aprendió muchísimas cosas en nuestro país, pero sobre todas ellas, aprendió que es más importante compartir con los demás nuestro cariño y afectos, que andar apesadumbrado por el mundo.

Ah, se me olvidaba una cosa muy importante, porque seguro que os preguntaréis qué ha sido de Amor eterno. Pues está en la Tierra con vosotros. Un día - después de que todo esto ocurriera - nació un bebé en un corazón muy grande que enseñó a la humanidad lo que es el verdadero Amor eterno.

Y, de hecho, desde entonces está con vosotros para que lo podáis ver, tocar y sentir en todas las cosas y todos los seres vivos del planeta Tierra. Y nadie jamás le ha podido dañar.

Cuando veáis a alguien, - aunque no os parezca extraordinario - miradlo bien, atentamente, sobre todo, mirad sus colores del corazón, pues la púrpura de las estrellas está en su interior y se os pueden pegar. Recordad que solo vosotros al mirar y del modo que miréis, podréis comprobar que el material con que está hecho todo ser vivo, es de allí, de donde no tienen sueño las estrellas.

Y ahora amiguitos, sí que me marcho. A traer nuevos sueños, para que podáis vivir felices. Y colorín colorado…. FIN

MI AMIGA CASANDRA

Casandra había perdido la voz y le pidió a su amigo el búho que la ayudara. El búho estaba asustado porque había salido el día y se escondió tras un árbol.

-No temas- dijo Casi *- el día no hace daño. Te beneficia y puede darte calor. Y hasta nos puede ayudar a encontrar mi voz.

Casandra hablaba con los ojos. Su mirada, desde hacía tiempo era su única expresión. Sin embargo, no era muda de nacimiento, pues la voz, sólo se la había extraviado desde hacía unos años.

El búho cuando se hubo repuesto decidió acompañar a su amiga y ambos emprendieron el viaje para encontrar la voz de Casandra.

Anda que te andarás llegaron a una gruta. Se adentraron en ella y encontraron a una loba en su interior que les dijo: - "si camináis tan despacio no encontraréis lo que andáis buscando. Subid sobre mis lomos, que yo os llevaré al lugar indicado"-

Casandra no tenía miedo, pues era una niña Índigo y los niños Índigo no le tienen miedo a nada en el mundo. Y se subió en los lomos de la loba invitando a su amigo el búho a que hiciera lo mismo.

En ese momento se desprendió una roca del techo y hubo un derrumbamiento. Cuando se hubo disipado el polvo, apareció una figura larga, que tenía unas enormes barbas.

–Soy Agripina, la mujer más sabia del mundo- dijo la aparición. - Si tienes alguna duda, pregúntamela, pero no me vengas con pequeños problemas, con insignificancias, que para tonterías no estoy.

-Soy Casandra - dijo la niña mentalmente - he perdido la voz y voy en su búsqueda. Si tú eres tan sabía, has de saber dónde está… No sé si ese problema será suficientemente importante.

-Oh, sí, sí. Desde luego que sí. Esta clase de problemas me gustan porque desde el principio son difíciles. Ahora dime niña, ¿sabes por casualidad dónde la perdiste y a qué hora fue?

-Pues no, no señora, no lo recuerdo.

-Vaya, ese sí que es un grave problema. En fin, le preguntaré a mi amigo el Viento.

Agripina llamó al Viento con sus manos y su mente y le preguntó.

- ¿Has visto por casualidad la voz de esta niña?

Y el viento que estaba medio dormido, entreabrió los ojos y dijo:

-Para semejante tontería me despiertas, ¿pues no sabes que las voces se marchan al país del Silencio, para darle el tostón y como éste no las quiere, luego se quedan en el país del Charlatán?

-Ah, es verdad, pues no me acordaba de eso.

El viento se enrolló su bufanda de aire al cuello y se marchó con viento fresco.

Agripina miró a Casandra y le dijo:

-Ya lo sabes, primero tienes que viajar hasta el país del Silencio, por si acaso y después, si aún no has encontrado aún tu voz, te acercas al país del Charlatán. Pero ten mucho cuidado pues en el primero te puedes perder tú y en el segundo te pueden engañar.

-Descuida- dijo la niña, mirando al búho- mi amigo el búho cuidará de mí.

Al búho se le pusieron las orejas de punta de pensar que tenía que cuidar de la niña, pues no le faltaba otra cosa que cuidar ahora a su vejez de críos. Sin embargo, no dijo nada y se puso en camino. Murmurando entre dientes que, si esa era la mujer más sabia del mundo, cómo sería la más tonta.

*(Casi es un diminutivo de Casandra)

Por fin, llegaron a un bosque de árboles enormes y ancianos y como hacía mucho calor, se sentaron bajo la sombra de uno de ellos. Al cabo de un rato tuvieron sueño y se reclinaron sobre la corteza para dormir un poco.

Pero cuál no sería su sorpresa, que la corteza cedió bajo sus espaldas y se abrió una puertecilla. Los dos, pájaro y niña cayeron sobre sus espaldas hacia adentro, rodando sin parar hasta caer en una habitación oscura y silenciosa.

- ¡Eh!, ¿dónde estamos? ¿Hay alguien aquí? - preguntó la niña sin asustarse- ¿es qué no va a contestar nadie?

Pero nadie contestaba. De pronto, se hizo de día y muchas imágenes cristalizadas comenzaron a saltar y bailar delante de ellos. Apareció un sueño feliz y bailó un rato, luego se fue. Después vino una señora, muy hermosa que limpiaba las estrellas y jugaba con unos niños haciendo recortables con el arco iris.

- ¡Mamá!, ¡es mamá! - gritó Casandra, dirigiéndose al búho. –¿Pero por qué no me contesta? Ah, ya sé, este debe ser el país del Silencio. Mira qué bonito es lo que hace.

Esos recortables son preciosos. ¡Eh mira, pero si esa niña de ahí soy yo! Y estoy en una cuna llorando y pataleando. Pero no tengo voz. Ya se me había perdido cuando era chiquitina.

No, no soy chiquitina. En la cuna estoy mayor... ¡Oh!

-De pronto, fue como si despertaran de un sueño. Se vieron otra vez rodando. Abrieron los ojos y allí estaban, como si no se hubiesen movido de al lado del árbol. Sin embargo, los dos se miraron y con los ojos, los dos se dijeron que habían tenido el mismo sueño. Pero ¿era un sueño realmente o una realidad? ¿Cómo saberlo? Si los dos veían y sentían lo mismo, debía de ser real. Lo que sí sabían, era que en el país del Silencio no estaba la voz de la pequeña. Así que tenían que seguir buscando.

Caminaron y caminaron hasta llegar a unas montañas. Una vez allí, comenzó a llover, pero aquella extraña lluvia no mojaba. ¡Qué divertido! ¡Aquella agua no mojaba!

- ¡Cuidado! - dijo el búho- Creo que éste es el país del Charlatán.

Nada más hubo pronunciado la última palabra, se oyó una carcajada, que resonó en la montaña de al lado. Y en la otra y en la otra. Un árbol se puso a hablar y luego otro, y unos hablaban con otros sin parar. Casandra y el búho sin asustarse jamás, se adentraron a las montañas y entonces todos los animales y todos los árboles y flores comenzaron a hablarles.

Les preguntaban cosas como: - ¿De dónde venís? o ¿Quiénes sois? - y les contaban historias extrañísimas, sin pararse ni en los puntos ni en las comas. Hasta el río hablaba y la fuente que salía de las rocas. Casandra también preguntaba, preguntaba por su voz, pero nadie la escuchaba. Empezó a dolerle la cabeza más y más hasta que de pronto empezó a notar que se hundía.

Su amigo el búho se había salvado de aquella tragedia, pero ella no. Sus pies no tocaban tierra firme, es más, parecía como si la arena bajo ellos se deshiciera sin llegar nunca a tocar el suelo firme. Los árboles gritaban: -has caído y nunca más podrás salir de aquí.

Ya aquellas arenas le venían por la cintura. Ya le empezaban a aprisionar el cuello. Pero cuando más desesperada se encontraba, algo la subió por los aires. Era un pájaro de gran tamaño, parecía un águila y se la llevó para las nubes, sacándola de aquel horrible lugar.

Llegaron a una ciudad, el águila dejó a la niña a sus puertas y se marchó volando hacia otro lugar. El búho apareció al cabo de dos horas, fatigado y sediento, como si hubiese realizado un gran esfuerzo. Los dos entonces se dispusieron a recorrer la ciudad.

Al llegar a una plaza vieron que la ciudad se convertía en esquinas, todas ellas girando en torno suyo. Esquinas de enormes rascacielos, con cristales que reflejaban la luz del sol.

De pronto los edificios se hicieron setas y un enorme prado silvestre se extendía ante ellos. Todos los edificios habían desaparecido, excepto uno. Era un teatro viejo y antiguo, donde la gente iba a representar sus obras.

Casandra y el búho entraron en él. Y vieron cómo la gente representaba sus comedias. Aquel teatro era extraordinario, era excepcional, pues no eran los actores los que actuaban, sino las personas, las gentes normales. Y los actores estaban sentados en las butacas viendo la función y cuando ésta terminaba, ellos se levantaban y aplaudían.

Aquel teatro era extrañísimo, porque era al revés de lo que en la realidad ocurre, sin embargo, daba la oportunidad, a todo el mundo que quisiera hacer su comedia, de poder representarla.

Casandra estaba asombrada y ensimismada, viendo las actuaciones de la gente. De pronto apareció un mimo y una voz y el mimo le hablaba a la voz con las manos y con los ojos y la voz le decía que se había perdido.

Entonces Casandra sintió un escalofrío y en ese momento reconoció su voz.

Estaba allí, en aquel teatro, diciéndole a aquel mimo que se había perdido. Y el mimo no la escuchaba, no se daba cuenta de lo que ella le decía.

El mimo representaba su comedia y no dejaba que la voz hablase. Y la voz, apenas balbuceaba. Apenas podía decir que se había perdido.

Casandra se sintió enferma de ver que aquel mimo no dejaba hablar a su voz y se acercó hasta el escenario. Subió a él y llamó a la voz.

-Ven- dijo la niña a la voz- que tú eres mi voz, que te habías perdido, pero ahora ya nos hemos encontrado.

La voz miró a Casandra y con los ojos húmedos de emoción, por la sorpresa, dejó de pelearse con el mimo y se marchó con la niña.

Casandra y su voz se acariciaban, mientras iban en busca del camino hacia su casa. Y el búho volaba junto a ellas.

FIN   - 19 abril 1987

JUANITA LA ALPARGATERA

En una casita de montaña, lejos de la ciudad telaraña, rodeada de pinos, arroyos, fuentes y palmeras, vivía una niña que se llamaba Juanita la Alpargatera.

Su mote era debido a que su abuelo, imbuido en el banco de alpargatas, cosía y rete-cosía sin pensar en otras latas.

Tenía Juanita la alpargatera una casita toda hecha de madera. De mañana, el sol entraba por su ventana y ronroneaba curioso por todos los cachivaches, por su cara y por el muñeco pecoso.

Ella, apenas dormido el rocío, se levantaba de un salto, se bañaba a las orillas del río y marchaba jubilosa a darle los buenos días a Tom el perro, a los gansos y a Mariquita la mariposa. Tom se sentía contento de ver a su amiga Juanita, la lamía por la cara, la tiraba por el suelo, le ladraba sus historias y la informaba de cuentos: que, si el ganso se ha escapado, que la oca estaba loca, en fin, que no podía aguantar que alguien les intentara mandar.

Juanita, muy comprensiva, la mano le pasaba por encima y sin pensarlo dos veces le traía un plato llenito de nata con nueces.

Tom se callaba al instante, le pasaba por delante, le removía la cola y con las nueces y la nata, se daba un banquete de esos que están de rechupete.

Pero Juanita la alpargatera no vivía sola, tenía sus padres, sus abuelos y una tía loca, casi entera.

Como ya hemos dicho antes, su abuelo era alpargatero, con el banco y el punzón seguía la tradición. Pero no sólo alpargata sabía hacer el anciano, lo que más le distraía era a las seis de la mañana ir a regar el manzano. Y la verdad, que no le daba paliza regar también la hortaliza, los almendros, los frutales los bonitos rosales.

Juanita, que no era tonta, muchas veces se apuntaba a ir con él en esta monta. Se encharcaba los pies en el barro, mientras el abuelo se liaba su cigarro.

Al poco rato, la abuela acercábase en volandas, con un cesto de la ropa, jabones y otras viandas. Arrodillada en la roca, batiendo el lino en las aguas, dispuesta a lavar la tela, los olores y las manchas.

El aroma del pitillo del abuelo daba en su cara. Le parecía a la niña que fuese de caramelo la mañana. Allí, en la madrugada, los pinos se despertaban, las flores se desperezaban, las estrellas y la luna ya se estaban durmiendo en su cunita del alba.

Y llegó la hora de desayunar, leche, cebada y un montón de tostadas. Miel, fruta, mermelada y para postre un pastel.

A la mesa se sentaban los papás, los abuelos, la tía, los pajaritos. Y las hormigas se disputaban las migas. Y Juanita la alpargatera, que no podía dejar, de la mesa ni el mirar.

Juanita estaba gordita, de la mesa lo que más le gustaba eran las fresas, aunque pensándolo bien, la mermelada y la miel le hacían mucho tilín, pues con ellas se montaba un buen festín.

Pero estar gorda no era problema, ni le afectaba a la nena. Lo que mucho le ocurría, era que las pesadillas le visitaban, casi, casi todos los días.

La mamá se lo advertía –nena, no comas tanto, engordarás y perderás el encanto.

Juanita no hacía caso y al final, cuando se miraba en un cristal, su cara redonda le recordaba a un aro de metal. Entonces, se ponía a dieta y en una mañana no comía ni una galleta.

Era muy divertido dar de comer a los pollos en el pico. Los miraba seguir a las gallinas y se quedaba encantada. Luego, los conejos se escondían, todo parecía de fantasía.

Las palomas, el abuelo las soltaba, eso sí que era un sueño y luego volvían solas.

Algo muy especial era de un divertimento genial, cuando el abuelo preparaba al burro, para internarse en el curro de la venta alpargatera, que hacía saliendo a la carretera.

Juanita muy avispada, no dejaba pasar la ocasión y en el borrico sentada, cantaba con su abuelo una canción.

Anda que te andarás por caminos y veredas, hasta los pueblos vecinos, el borriquillo, el abuelo y Juanita la alpargatera.

Al pasarse por los campos, los saludos de las gentes sonaban como los cantos.

Unos les ofrecían agua, otros un trago de vino, los otros una resguarda contra el calor del estío.

Llegaban al mercadillo con una gran ilusión, vendían las alpargatas por un precio de ocasión.

Al entrar la media tarde tomaban los aparejos, las alforjas y los provechos. Iban canturreando deshechos, para tomar el camino de vuelta con el pollino.

Al llegar a la casita, todos locos de contentos preparaban alimentos, guardaban al borriquito, le daban un poco al pico y hacían el recuento.

- ¡Qué divertido que es todo, qué felices, qué armonía! - se comentaba la tía.

La niña en esos momentos se acurrucaba en los brazos de la abuela y escuchaba de labios del abuelo el mejor cuento.

Todo a la luz de la luna. Si mirabas para arriba, el manto de la noche te caía. Las estrellas sus luces te regalaban y la escarcha su dulce frescor nos mandaba.

Arriba de la casa, al lado de la llama de candil, un lagarto pequeñín que come las mariposas. Ellas, ufanas y hermosas se dan de comer al reptil.

Cerca, entre los matorrales, quizá sobre la enredadera, se oye un canto de solera. - ¿Es un ave nocturna? - pregunta Juanita la vivarachera. –No, dice la tía –es mucho más sencillo, simplemente es un grillo. - ¡Ah! -. Y conforme escucha, se recuesta.

-Abuelo, cuéntame el cuento del ladronzuelo.

-Juanita, ya son pasadas las nueve y el abuelo está que no se mueve.

-Por favor abuelo, cuéntame... el del ladronzuelo.

-Mañana será otro día, yo me voy a la cama, que te lo cuente tu tía.

-Vamos niña, a tu habitación- dice la tía dándole la atención. –Una historia se improvisa, sólo es cuestión de levantar el telón.

-Oh no, tía, tus historias me dejan exhausta hasta la memoria.

-Vamos, anda, que no es para tanto, por lo menos esta noche, una nana yo te canto.

-Eso sí que me gusta, tu voz es bella, tía Augusta, seguro que cae de alguna estrella.

Sobrina y tía se duermen escuchando la canción.

Las dos en brazos de la noche se han dormido, pero un pájaro cantor se levanta de su nido.

-Juanita, despierta que soy yo, tu pájaro de la siesta, el que por las tardes te viene a recordar, que hay cuentos en otro lugar.

-Que no, que no estoy dormida, que solo cerraba los ojos, al fin, al cabo del día, me encuentro que estoy rendida.

- ¿Pero entonces no te vienes al país de las estrellas? Siempre preguntas por ellas y ahora resulta que no te tienes.

-No es eso, pájaro amigo, que sí, que me voy contigo.

Juanita la alpargatera no lo piensa ni dos veces. Se abraza al cuello del ave volatera y en un tris trece, se encuentra rumbo al país de las esferas.   1985

EL CAMINANTE BLANCO

Uno puede imaginar a la nieve, como una señora blanca y hermosísima, con una cabellera larga e inmensa y que va dejando tras de ella, mientras se desliza sobre nuestras cabezas, un puñado de sí misma, en diminutos copos. Es como estar completo, pero al mismo tiempo tener la facultad de poder desgranarse en infinitos fragmentos, para quedarse en unos lugares y viajar por otros. Es como estar en muchos sitios a la vez y no estar en ninguno.

Vivía un niño en unas montañas que siempre estaban cubiertas de nieve.

A veces, cuando llegaba la primavera, el color verde de los árboles, podía salir a respirar un poco, e incluso si tenía suerte, hasta a tomar el sol. Pero éste, parecía no querer saber nada con aquellas montañas, porque siempre andaba escondido tras las nubes grises y nunca dejaba caer sus brillantes rayos sobre aquel lugar.

Así pasaron muchos años blancos y el niño se hacía mayor con un corazón helado y frío pues no conocía el sol.

Sus padres eran mayores y como ocurre con la mayoría de los adultos, habían olvidado lo que era el Amor por lo tanto no había modo de que Juanillo, que así se llamaba el chico, pudiese conseguir un poco de calor para su corazón.

Parecía que todo estaba en contra de la evolución de aquel pobre muchacho.

Ni el sol con su calor (por estar oculto), ni sus padres con su amor (por haberlo olvidado), podían darle lo que necesitaba. ¡Qué terrible tragedia! ¡Aquel chico estaba incompleto!

Sin embargo, él no lo sabía. Vivía solitario, pero aun así no estaba triste. Cada día vagaba por las montañas heladas y encontró un lugar que era su preferido. Desde allí podía divisar un valle de colores donde había árboles y flores. Y hasta el sol dejaba caer sus rayos abrazando aquel sitio. Le pareció un pueblecito lejano, o una ciudad encantada a lo lejos. La verdad es que no sabía muy bien qué era. A veces, incluso pensaba que aquella maravillosa visión, fuese fruto de su fantasía.

Poco a poco, un deseo de conocer aquel secreto valle, le fue invadiendo. Lo cierto es que su corazón estaba inquiero.

Un día, mientras contemplaba cómo respiraba el verde de los árboles de sus amigas las montañas, decidió marcharse.

Se lo comunicó a sus padres y aunque éstos, al principio no le comprendieron, al fin pensaron que ya estaba haciéndose mayor y era lógico que quisiera marcharse a conocer otro mundo, otros lugares.

Así que pronto se despidió de sus padres y se marchó. Mientras caminaba, le salió al paso la hermosa Dama de la Nieve y le habló. ¿Por qué te marchas? –le preguntó ésta-. El muchacho estaba acostumbrado a su presencia, casi continua, pero le molestó que preguntara aquello, tal vez porque no sabía exactamente la respuesta.

-No me molestes, anda, me voy porque quiero conocer otros lugares – dijo Juanillo.

-Es que te falta algo que no tienes aquí? – volvió a preguntar la dama nevada.

-Tal vez me falta algo que no conozco, pero a ti, ¿qué puede importarte? - insistió el joven.

-Aunque pienses que no, me importa mucho, pues has vivido bajo mi dominio durante muchos años y he podido lograr convertir tu tierno corazón de niño en un helado corazón de adulto, donde ya es imposible que pueda entrar ninguna emoción o sentimiento- argumentó la nieve.

-Puedes estar segura- dijo- que ahora estoy casi en tu poder, pero puede que, si recupero mi corazón de niño ya me libre de ti y dejaré de estar inquieto.

La Nieve comenzó a enfadarse. –No creas que va a resultar tan fácil. No sabrás cómo hacerlo- dijo, mientras dejaba enfurecida, una ráfaga feroz de su blancura y frialdad, alrededor del muchacho. Hasta conseguir que todo él quedara cubierto por ella. El chico comenzó a quitar la nieve de su rostro y de los ojos, pero no le importó la que le cubría los hombros.

Así que, teniendo ya visibilidad, prosiguió su camino. En cierto modo, ya estaba acostumbrado a ella y no le molestaba.

Como vestía con una ligera tela estaba muy acostumbrado a las caricias que producían los copos sobre su piel y era más que imposible que a estas alturas el frío pudiera llegar hasta sus huesos. Sin embargo, se decía:

-No puede conmigo, ella olvida que desde pequeño jugábamos juntos. Hace algún tiempo, recuerdo que la escuché decirme algo sobre mi corazón, pero no creo que tenga razón. Buscaré mi corazón de niño y me llenaré de sentimientos. Entonces ya no seré un hombre helado y blanco.

Lo que no sé es cómo lo voy a conseguir, espero que lo que encuentre en el camino de mi andadura me ayude.

Juanillo siguió caminando, caminando, hasta que de pronto, a lo lejos, comenzó a percibir un paisaje algo difuso. La luz era tenue, pero los colores comenzaron a brotar.

Unas pequeñas montañas a la izquierda respiraban el cielo con sus penachos y algo de unas proporciones extraordinarias y de un azul inmenso, se extendía como una alfombra sobre el suelo. No, no había tierra, parecía como si un pedazo de firmamento hubiese llegado hasta abajo. Pero lo más extraordinario apareció lentamente por el horizonte. Era una bola enorme, roja y amarilla.

-Eso tiene que ser el sol- pensó Juanillo, pero es muy diferente, a cuando viene a visitarnos a las montañas.

Siguió caminando con más ahínco, la prisa por llegar al lugar le hizo ausentarse por unos momentos de sus sensaciones. No se dio cuenta que la blanca nieve se la había ido dejando por el camino. Y unas gotas húmedas caían sobre sus hombros. Era la nieve derretida, pero ni se dio cuenta.

Un poco antes de llegar al lugar se quedó quiero, como asustado, parecía una estatua de piedra.

Un rayo de un sol que apenas comenzaba a aparecer por el firmamento quería jugar con sus cabellos rubios. Acariciaba sus mejillas y una sensación de calor le invadió el rostro.

- ¡Qué hermoso es esto! Nunca hubiese podido pensar que existiese cosa tan bella. Aquí, todo tiene su melodía especial, el agua, el viento jugando con las hojas de los árboles. Incluso esta tierra tan suave y con olor a madre. Este calor, me produce una sensación extraña en mi corazón. Aquí siento algo nuevo. Me gusta-.

Mientras pensaba todo esto, se dejó caer en la arena blanda y cerrando los ojos, se quedó dormido.

Ya el sol estaba muy alto cuando despertó. Al primer instante, no pudo distinguir nada, pues una ceguera se había apoderado de sus ojos.

- ¿Qué ocurre? - Se echó las manos al rostro, se tocó los ojos, se restregó las manos fuertemente sobre ellos, como si quisiera quitarse el mal que le obstruía la visión. A los pocos segundos, de nuevo comenzó a ver, suave y ligeramente. Por fin, y con los párpados algo entornados, ya tuvo visibilidad total.

-Un buen susto me he llevado- dijo, -será mejor que emprenda de nuevo la marcha, aquí hace demasiado calor-.

Caminó mucho tiempo todavía, pero al fin divisó una ciudad. Se introdujo por entre sus calles, cuando ya estaba anocheciendo. Las gentes, acostumbradas a terminar sus trabajos, después de la caída del sol, aún deambulaban en busca de su descanso. Encontró en una granja, a la salida del pueblo, un lugar resguardado para descansar.

A la mañana siguiente se encontró a un campesino, que le insistió que fuera con él a la casa a desayunar.

Juanillo, aprovechó la ocasión para preguntarle.

-Voy en busca de mi corazón de niño, tal vez tú, campesino, puedas ayudarme.

Tal vez sabrías indicarme dónde tengo que dirigirme para poder hallarlo-.

El hombre quedó atónito y no supo qué contestarle. Sin embargo, le contestó.

-Si tú lo has perdido, ¿cómo no sabes dónde? Yo te puedo dar mi amistad y si quieres, puedes quedarte en la granja y me ayudarías en las faenas del campo.

-No, te lo agradezco- contestó el joven- pero tu oferta de quedarme, no me interesa y hasta que no encuentre mi corazón de niño, no podré ser amigo tuyo-.

El viejo, le despidió con asombro, pues no había conocido en toda su vida, ningún personaje como aquel.

Entró en la ciudad y pronto comenzó a conocer gentes. Muchos hombres quisieron ser amigos suyos, pero él no podía darles su amistad porque tenía el corazón helado.

Pronto comenzaron a llamarle el hombre blanco, pues no veían que irradiara de él, otro color.

De una ciudad marchaba a otra y llegó a conocer a mucha gente, hombres, mujeres, niños. Pero por más que hablara con todo el mundo, no lograba que nadie le dijera dónde podía dirigirse para buscar su corazón de niño.

Un día, ya casi desesperado, estaba en una plaza de un pequeño pueblecito, y mientras contemplaba a unos niños corretear por allí, le empezó a importunar una mariposa. Se posó en sus cabellos, revoloteó por delante de su cara, se paró un instante en el hombro y por fin subió hasta el oído, susurrándole.

Creo que andas buscando algo-.

Juanillo, ladeó la cabeza y no vio a nadie, solo a la mariposa.

-Soy yo, la mariposa, quiero ayudarte a encontrar lo que buscas.

- ¿Y tú siendo tan pequeña, vas a saber más que todas las personas a quienes he preguntado? - Preguntó el chico.

-Mira no te extrañes de ello pues, aunque no te enteraras te he seguido durante mucho tiempo y he podido comprobar que de veras te interesa encontrar lo que andas buscando. La mayoría de las personas a las que has preguntado, no han podido contestarte, porque ellas perdieron también su corazón de niños y lo peor es que también has perdido el interés por volverlo a encontrar.

-Pero de mi corazón infantil se apoderó la dama de la nieve, no creo que a todo el mundo le haya ocurrido lo mismo- dijo-

- ¿Acaso- insistió la mariposa- te crees que sólo en las lejanas montañas, donde tú vives, está la nieve? No, ella baja continuamente, en los crudos inviernos a los pueblos y a las ciudades y recoge los corazones más tiernos.

En ese momento en que aún no son adultos los hombres, pero están dejando de ser niños. Y los lleva muy lejos y los cubre de nieve para que, al hombre, cuando empieza a crecer, le cueste después derretir el hielo.

La mayoría de las veces, el ser humano no tiene fuerzas, o está cansado o tiene miedo para hacer tan largo recorrido, en busca de su corazón de niño, así que decide dejarlo por imposible y se queda en poder de la Dama Blanca.

Y la consecuencia de ello, es un corazón helado y frío que lleva consigo durante toda su vida.

El joven Juanillo, se quedó pensativo un rato y luego habló a la mariposa.

- Dime, amiga mariposa, ¿entonces tú sabes el camino que he de tomar, para ir en busca de mi corazón de niño? Enséñamelo pues-.

-En realidad- dijo la bella mariposa- no has de caminar con los pies, pero a veces también conviene andar un poco como tú, que has tenido que caminar hasta aquí para aprender algo.

Lo que tienes que hacer es mirar hacia adentro, hacia tu propio corazón. Busca en él, pero busca con ahínco-.

-Tú has sido valiente y has buscado, al menos por donde creías que debías buscar, abandonando incluso a tus padres. Sin miedo a lugares o personas desconocidas. Pero tu búsqueda ha sido exterior hasta ahora. A partir de este momento también esa búsqueda ha de ser interior. Así que mira, contempla a esos niños y después me dirás.

Juanillo, buscó a los niños con su mirada y se detuvo en sus juegos, en sus palabras, en sus risas. Al poco rato, estaba ensimismado en los chiquillos.

Pero un parte de sí mismo había volado a encontrarse con su infancia. Recordó instantes maravillosos, vividos pura e inocentemente.

En un momento le invadió la integridad de aquel pequeño corazón que le pertenecía, que había sido suyo hace ya, tantos años. Se envolvió en los juegos infantiles de aquellos tiempos pasados, se empapó de sensaciones y sentimientos puros y extraordinariamente bellos.

Sus oídos escuchaban a los niños, palabras que él mismo recordaba haber pronunciado. Sus ojos veían gestos, que antaño él hiciera, de idéntica forma. Pero lo más importante, captó lo que sintiera en su corazón, aquellas emociones infantiles llegaron hasta su adulto corazón helado y comenzaron a derretir la capa fría. De pronto se daba cuenta, que la pureza y la inocencia de sus primeros años volvían a tomar fuerza y que ambas le proporcionarían el calor necesario, para calentar profundamente el corazón.

De nuevo y desde que fuera niño, el corazón de Juanillo comenzó a latir con verdadera energía. Únicamente la mariposa de alas celestes vio como se producía esta transformación. Pero no sólo esto ocurrió.

Al mismo tiempo que recuperaba el calor al encontrar el camino hacia su corazón de niño, la luna tomó unas vetas de plata y las puso en sus cabellos rubios.

Había pasado mucho tiempo, años duros y llenos de búsqueda. Ahora sabía hacia dónde tenía que dirigir su mirada, para responderse las preguntas.

A la mañana siguiente, dejó la ciudad, no sin antes haber hecho infinidad de amigos. Se dirigía a las montañas de nuevo. La mariposa azul le acompañó en todo momento. Charlaban, reían, contemplaban la Naturaleza y daban gracias por la hermosura y perfección de todas las cosas que se les regalaba.

Durante algunas jornadas aún caminó hasta que, por fin, el paisaje se le fue haciendo familiar.

Algunas horas después, le salió al paso la hermosa Dama de la Nieve. Unos copos pequeños y suaves comenzaron a estrellarse sobre su rostro y la mariposa comenzó a temblar de frío. Rápidamente le importunó los ojos, como si quisiera hacerse notar y luego cayó con más brusquedad sobre sus hombros casi desnudos. Juanillo, no decía nada, solo tenía miedo por su amiga la mariposa, no se fuera a morir de frío y la cobijó entre las palmas de sus manos, después de apartarse los copos de sus párpados.

No hubo espera a esta reacción de indiferencia.

-Veo que se te han subido los humos a la cabeza- habló con gran enfado la Dama blanca. –Seguro que vuelves fracasado, si no, no estarías aquí, aunque has tardado mucho en volver.

-Estás equivocada, como siempre. Logré encontrar lo que buscaba y mucho más. Como ves me acompaña mi amiga la mariposa Azul del Amor. Ella me ayudó en mi búsqueda.

- ¡Bah, tonterías! - dijo la nieve tirando un copo de rabia contra las manos cerradas de Juanillo- no creo que hayas encontrado tu corazón de niño, pues yo misma me aseguré de encerrarlo y cubrirlo de un temible frío para que nunca pudieras acercarte a él.

-No te sientas tan importante- dijo el hombre ya cansado- y tampoco te creas tan mala, pues estoy seguro de que no lo eres. Simplemente llevas en ti la esencia del frío, pero eres hermosa como toda la Naturaleza. Formas parte de una belleza y un Amor especial, que está esparcido por todo el universo. Y tienes tu función, como el sol, como la lluvia, como todo. Y puedes ser tan bella para unos, como fea para otros.

- ¿Es que me vas a decir que no estás helado?

-Como puedes comprobar, no me afectan tus palabras, ni la fuerza que puedas levantar sobre mí.

Puedes hacer lo que quieras pues para eso estás hecha, pero mi corazón ya no lo puedes rozar siquiera-.

La Dama de la Nieve se levantó en un revuelo blanco incontenido y con suma furia se marchó de aquel lugar.

Juanillo y la mariposa Azul siguieron su camino.

Pronto llegaron a la casa de los padres, que se llenaron de contento al ver que su higo regresaba.

El caminante blanco contó a sus padres las innumerables aventuras que tuco y al cabo de algún tiempo, en un bello amanecer, tuvieron la gran sorpresa de que les fuera a visitar el sol y con él, una hermosa primavera repleta de flores, que pudo renacer cada año.   Enero-1986

LAYXZU

En el bosque había una pequeña casita, justo debajo de un puente de cristal y al borde de un río de aguas claras.

La Naturaleza se empezaba a despertar.

Abría los ojos la mañana y extendía sus sábanas de sol, para que se airearan un poco.

Entonces comenzaba el día. Los pajarillos se lanzaban a volar por encima de las nubes, en busca de melodías nuevas para trinar a sus amigos. El río también cantaba y la cigarra, porque era verano y el amor y la felicidad, jugaban a saltar entre las flores y los árboles.

Pero el bosque estaba un poco lejos de la ciudad y el hombre no podía escuchar sus canciones. Lo cierto es que, con tantos ruidos de máquinas y aparatos raros, como había en la ciudad, era más que imposible, que los seres humanos pudieran escuchar música alguna del bosque. Por suerte, los niños iban muchas veces de excursión y ellos sí que sabían cómo cantaba la naturaleza.

La casita que estaba junto al río era una de las más apartadas de la aldea.

En todo el bosque había cientos de familias; como la familia de las mariposas Cordoneras, la familia de los Lagartisaurios, Los Mosco trepadores, etc. Pero una de las familias más simpáticas de aquel lugar, era sin duda alguna, la compuesta por unos seres llamados Selbisivni.

Estos eran unos pequeños seres invisibles al ojo humano, que se agrupaban en pequeñas aldeas o comunidades. Allí se realizaban los más diversos trabajos, para su desarrollo y crecimiento, tanto físico, como de la mente o del espíritu.

Sí, porque estas criaturitas eran poseedoras de unos conocimientos extraordinarios, que de compararlos con los de la humanidad, podía considerárseles superiores, en sus más variados aspectos.

En la aldea de los Selbisivni regían unas leyes. En primer lugar, las de la Naturaleza y luego una ley muy importante, que era la ley de Jerarquía.

Eso quería decir que los Selbisivni más importantes, no eran los que más riqueza poseían, o los más astutos, o los más fuertes, sino los más virtuosos, más sabios y más sanos. Por lo general, los más ancianos, eran los que ocupaban los cargos, para encauzar a estas criaturas y sus problemas.

El pueblo Selbisivni era de sexo macho y hembra o masculino y femenino, como se les denomina a los hombres y mujeres. Pero como todos disponían de gran cantidad de fuerza y conocimientos se trataban todos por igual. Los pequeños también tenían sus derechos y eran tratados en su justa importancia.

Debido a su facilidad para aprender, podían estudiar cualquier cosa, por muy extraña que nos pareciera a nosotros los humanos. Para ellos estaba bien y eran conocimientos que siempre resultaban útiles. Por ejemplo, había criaturas pequeñas que se iniciaban, después de unas pruebas hechas por los sabios ancianos, en los estudios de

la arquitectura, en vistas de mejorar el aspecto de la aldea. Los materiales para construir casas eran las cortezas que los árboles centenarios dejaban caer. La naturaleza misma, les proporcionaba nueva corteza fuerte y sana, para que pudieran seguir dando fruto. Otros pequeños, seguían los pasos de algún familiar y podían ser excelentes pintores o escultores. Y también músicos.

Como los árboles daban unos frutos exquisitos, los Selbisivni no tenían necesidad de trabajar para obtenerlos. Se alimentaban con miel silvestre, leche y quesos frescos y frutos naturales, que eran muy abundantes y variados.

Como sus cuerpecitos estaban acostumbrados a todos los climas, no necesitaban abrigarse, ya que no conocían el frío. Tampoco necesitaban cubrirse por vergüenza, pues su corazoncito era puro y no conocían la maldad.

Tenían una piel rosada y la mayoría de ellos, tenían el cabello rubio y largo hasta los hombros, excepto los ancianos, que poseían una cabellera mucho más larga y plateada. Y una barba hasta la cintura.

Los pequeños tenían el cabello más largo que los jóvenes, unos ojos muy vivos y no estaban quietos mucho tiempo. Jugaban con las mariposas y el arco iris y nadaban en el río o en los lagos, sin ningún temor por parte de los padres, pues al poco tiempo de nacer, ya habían aprendido los secretos del agua y nadaban estupendamente.

Cuando la noche colgaba su manto oscuro en las puntas de las estrellas y la luna. Y lo dejaba caer sobre el bosque, los Selbisivni se reunían en el centro de la aldea y encendían un gran fuego. Los más pequeños ya dormían. Y los menos pequeños, escuchaban las historias de los ancianos. Sobre los universos, los animales o los seres humanos. Los ancianos conocían muchas cosas, pues eran muy sabios. Y los pequeños quedaban boquiabiertos, con sus relatos.

El fuego aquel servía para reunirse tranquilamente, toda la comunidad y charlar. No trataban problemas en aquellos momentos, simplemente hablaban de las estrellas, de lo felices que eran, del afecto que sentían los unos por los otros, en fin, de cosas sencillas y llenas de amor. Los unos a los otros se tomaban las manos y se acariciaban.

Si alguien se encontraba un poco triste, se sentaba junto al Selbisivni que su corazón le decía en esos momentos.

Y tras hablar un largo rato, se abrazaban y se comprendían. El cariño y las caricias eran abundantes en la aldea de los Selbisivni.

Más tarde, al ir tomando la noche la mano a la madrugada, estos seres pequeñísimos y radiantes, se iban despidiendo de sus hermanos y se dirigían con su pareja a descansar.

Un día, mientras el sol cantaba una canción cálida y hermosa, en la hora de la siesta, vino al mundo un pequeño Selbisivni. Precisamente, en la casita que había junto al río. Sus padres le pusieron por nombre Layxzu. Y toda la aldea estuvo muy feliz, celebrándolo. Hicieron una fiesta, en la cual estuvieron bailando y jugando, al menos durante una semana.

Pero la alegría duró poco, porque al pasar los días, el pequeño Layxzu iba creciendo del mismo modo que crece un bebé humano. Es decir, llegó a ser del tamaño de un bebé. Los Selbisivni tuvieron que llamar a un chimpancé, para que pudiera cuidarlo y tomarlo en brazos, pues nadie de la aldea, con sus fuerzas, podía sostenerle.

Pasó el tiempo y por más que los ancianos buscaban la solución para tan grave problema, nadie lograba dar con ella. Por fin, un día, tras una reunión de varias semanas, llegaron a una conclusión.

Nosotros – dijeron – no podemos hacer nada. Nuestra sabiduría se ha quedado pequeña ante este problema. Lo mejor es mandar al pequeño al castillo del mago Zoriac.

El, como mago de las Estaciones y del Tiempo, podrá sin duda hacer algo.

Así como lo pensaron, se lo dijeron a los padres del pequeño. Este había crecido ya bastante. Y lo que era en la aldea, un año, había supuesto para él diez, así que, en aquellos momentos, ya era capaz de valerse por sí mismo. Se esperó que llegara la primavera, pues era la estación con más recursos y comenzaron a prepararlo todo, para el largo viaje.

Mientras tanto, un día pudo conocer a unos niños que fueron al bosque de excursión.

Como los Selbisivni no llevaban ropa, Layxzu iba desnudo, así que cuando el grupo de jovencitos le vio, comenzaron a reírse de él. Al principio Layxzu se asustó un poco, pero como sus padres y sus amigos de la aldea, ya le habían hablado de los humanos, pronto comprendió que eran inofensivos.

Solo un muchacho no se reía de él. Era un niño que vestía con ropas muy pobres y estaba bastante sucio. Tenía la piel morena y el pelo negro y rizado.

Se quedó mirándole un buen rato y al fin, cuando se hubieron alejado los demás, le habló.

- ¿De dónde has salido, acaso te has caído del cielo? Tienes toda la pinta de un ángel de esos de la iglesia. Además...creo que te he visto en alguna parte… ah, ya sé, en la pared de la catedral de mi ciudad. Allí tienen pintados muchos niños como tú. Y el sacerdote les llama ángeles.

Layxzu comprendía correctamente su idioma, pues una de las muchas cosas que se aprendía en la aldea, era el idioma de los humanos. El niño pobre y el pequeño Selbisivni, hablaron durante mucho rato y se hicieron tan buenos amigos, que se vieron otros días, pues también sucedía que Joxeiu, que así se llamaba el niño pobre, solía ir muchas veces de excursión al bosque.

Pasó un tiempo. Y un día Layxzu se dio cuenta, que al mismo tiempo que iba creciendo, iba perdiendo la facilidad de ver a sus familiares y amigos de la aldea. Era como si igual que los humanos, al mismo tiempo que se hacía mayor, dejaba de ver las cosas y los seres fantásticos y maravillosos que existen en la tierra.

Layxzu empezaba a estar asustado, no quería dejar de ver a sus padres, ni a sus amigos los pequeños Selbisivni que, aunque en tamaño no fueran igual que él, eran jovencitos todos, eso sí, y jugaban mucho y se divertían juntos. No obstante, esperó a que la visión de su aldea fuese muy débil. Ya sabía lo que tenía que hacer y a donde tenía que ir.

Un día el sol mandó un rayo tan fuerte de luz, que acabó por cegarlo totalmente, así que ya no pudo ver la aldea, ni a nadie de ella. Entonces fue cuando decidió marchar en busca del mago Zoriac, para que le devolviera su tamaño natural. Ese día fue a visitarle su amigo Joxeiu y le encontró triste y abatido.

-No te preocupes Layxzu, yo soy tu amigo y te acompañaré en la búsqueda del mago Zoriac.

En aquellos momentos y entre ellos, brotaba una bonita amistad. No lo pensaron mucho. Como no tenían que llevar nada, pues los dos en aquellos momentos, estaban solos en el mundo, se pusieron en camino.

Llevaban una semana andando. Habían seguido el curso del río hacía las montañas, o sea hacía su nacimiento. Tras ellas, se encontraron un pueblecito pequeño y blanco.

Entraron en él y vieron a unos hombres que querían vender palabras, pero tenían tantas que necesitaban gente que les ayudara a hacerlo.

Así que los dos muchachos decidieron quedarse para ayudarles. A cambio, los hombres les dieron alimentos para el viaje.

Joxeiu ya le había proporcionado ropas a Layxzu.

En un par de semanas, los dos chavales se conocían a casi toda la gente del pueblecito, porque a casi todo el mundo les habían vendido palabras. A unos muchas y a otros pocas. Y todos estaban contentos con ellos, porque las palabras que les habían comprado eran de muy buena calidad.

Por las mañanas, el pueblecito se dedicaba a la venta y trueque de diversas mercancías, como pensamientos, comodidades, cansancio, tranquilidad, etc. En cada esquina había un establecimiento diferente, donde se podía encontrar un artículo especial, que daba aquello que no se tenía.

Había tiendas donde se podía cambiar el sueño. Solo había que entrar y decirle al dueño: "Quiero cambiar el sueño, necesito tener un sueño más manejable, menos enigmático, más rosa o más azul, menos terrorífico". Y el vendedor te miraba sin pestañear y te contestaba.

- Usted lo que necesita es un sueño placentero, que le producirá la suave pluma de Orión.

Es verde y suave, como los verdes y suaves valles de occidente. Nuestro colchón de pluma de ganso es perfecto. Nosotros le vamos a cambiar el sueño. Dejará sus pesadillas en nuestra casa y se llevará este delicioso colchón de plumas, que le hará tener los sueños más dulces, placenteros y suculentos del valle de las Ninfas de Plata. Ya sabe, las Ninfas que traen los sueños de la felicidad.

Y realmente lo que salías es comprando un colchón. Lo curioso es que los sueños son inmensos y se pasean por el espacio. Y cada uno puede tomar los que le hagan falta, sin necesidad de comprarlos o cambiarlos por nada. Pero eso ellos, no lo sabían.

Había otras tiendas que cambiaban la imagen. Era algo así como que, entraba una persona con parecido a un cangrejo o a un pavo real, o a un cerdo, por ejemplo. Y el vendedor, le enseñaba un muestrario de otros animales mucho más fuertes y hermosos. Y tras llenarle la cara y el cuerpo con unos polvos y cremas y pinturas, le convencía de que le había cambiado la imagen. Ya sabéis que la imagen es lo que vemos en un espejo, cuando nos miramos.

Pero sí, es cierto el parecido que pueden tener algunas personas con determinados animales, realmente es extraordinario. Hay hombres que tienen rostro y cuerpo de cangrejo, otros de pavo real. Hay algunos que corren como gacelas o son sigilosos como serpientes. Esto es curioso y para verlo bien, solo hay que observar detenidamente a las personas. Hay algunas que hablan como los papagayos. Y otros que se comportan o comen como cerdos. Y así se puede encontrar infinidad de ejemplos.

Todas estas cosas las sabía Layxzu, pero lo que no sabía, lo que había descubierto por primera vez, era que todo el mundo tenía algo que vender o que cambiar. Sabía que el comercio fue un invento humano, pero nunca lo había practicado, pues en la aldea, todo el mundo regalaba lo que tenía, nunca lo cambiaban o vendían. Todo era abundante y se lo ofrecían unos a otros porque querían, porque era bonito y sentían placer dando y recibiendo.

El mundo fuera de la aldea resultaba un poco complicado.

Los dos niños, cuando hubieron terminado el trabajo de vender palabras, siguieron su marcha. Salieron del pueblo y aún caminaron muchos días. Al fin llegaron a un valle donde brillaba la luna rosa. Y un hermoso lago de aguas transparentes surgía del centro. Ya solo tenían que tomar el camino que conducía al castillo.

Nada más poner los pies en él, se levantó un remolino de aire y apareció un enorme pajarraco, revoloteando como Loco y dando unos enormes chillidos. Los niños se asustaron, pero antes de que ellos pudieran darse cuenta, estaban en pleno vuelo, suspendidos de las garras del horrible pájaro negro.

En un abrir y cerrar de ojos se vieron ante un hombre, vestido con una larga túnica de color púrpura y oro.

Llevaba los cabellos lacios y largos, hasta los hombros. Y negros como el negror de los cuervos. En aquella habitación del castillo, donde fueron llevados, había algo más. Sobre una mesa pequeña, había una bola de cristal solitaria. Relucía al caer sobre ella un rayo plateado de la luna, que bajaba por una hendidura en el centro del techo. Unos almohadones en el suelo servían para que el mago pudiera meditar y concentrarse. Algunos cuadros de plantas medicinales colgaban de una pared oscura. Lo mismo que unos tarros polvorientos, que contenían, dios sabe qué substancias extrañas, reposaban en pequeñas lejas de madera carcomida. Y un telescopio al través de una ventana, apuntaba con su objetivo hacía algún planeta o estrella desconocida.

El aguilucho dejó sus presas en el suelo y los muchachos rodaron por las frías y duras baldosas, sin saber exactamente qué es lo que estaba sucediendo.

- ¡Diantre, vaya golpe! ¡Dichoso pajarraco!

Dijo Joxeiu con una mirada bastante desconfiada, al hombre que tenían de pie, delante de ellos.

- Bien, bien. Mi fiel guardián os ha descubierto merodeando por los alrededores de mi castillo. ¿Qué es lo que andáis buscando en mis propiedades? ¡Vamos, hablad de una vez!

Dijo el hombre con gesto enfadado.

- No se enfade buen hombre, solo venimos buscando al mago Zoriac, pues mi amigo tiene un problema y necesita ayuda.

Contestó Joxeiu, con ánimo de calmarle.

- Tu amigo, ¿no? Y ¿qué rayos le pasa a tu amigo… y por qué no habla él, es que no tiene lengua...? ¡

Tras un pequeño silencio de los muchachos, insistió el hombre extraño.

- ¡Estáis terminando con mi paciencia, contestad de una vez!

- Te contestaré yo, si no te importa, mi amigo está un poco asustado. Solo quiere volver a su tamaño normal, para poder vivir en paz en su aldea y con sus padres y amigos. ¿Acaso eres tú el mago Zoriac?

- Jajajajajaja – rio el impaciente señor - ¿con que es eso lo que queréis, la ayuda de Zoriac? Pues bien, le veréis.

- ¡Guardias!

Entonces entraron dos guardias y se llevaron a los niños, encerrándolos en un calabozo. Tomándoles de un repelón por las camisas y los pelos, les empujaron hacía adentro de la mazmorra. Cayeron los dos de bruces, llenándose la cara de paja, pero al levantarse vieron con asombro, que no estaban solos. Alguien que no parecía ser desconocido, se hallaba sentado en el suelo.

- ¡Hola! – dijo el anciano, pues eso era, un anciano de barba y cabellos largos y blancos como la nieve - ¿Qué habéis hecho vosotros para estar aquí dentro?

- Nosotros no hemos hecho nada. Y tú, ¿quién eres… porqué siendo tan anciano estás aquí encerrado? – preguntó Joxeiu.

-Me llamo Zoriac y estoy aquí encerrado, porque era un estorbo para Molkor. Ese hombre, que imagino es el que os ha encerrado aquí, está empleando la magia para el mal. Vino de tierras lejanas para aprender el arte de lo oculto.

Y cuando se lo hube enseñado, puso en mi copa unas gotas de zumo de adormidera y como ya lo dice la palabra, me quedé profundamente dormido.

Cuando desperté, me encontraba ya en este lugar.

-Pero tú eres un mago, ¿no? Entonces, ¿por qué no haces nada para liberarte? Además, si eres tú el que le ha enseñado a él, tienes que saber más secretos para poder salir de aquí y destruirlo, si quieres.

- ¡Si yo fuera mago, ya no estaría ese impostor ahí afuera!
Afirmó Joxeiu lleno de rabia.

- Hijito, el verdadero mago no destruye. Y ante todo aprende a tener paciencia. No te preocupes y calma tu rabia muchacho, pues todo tiene una razón de ser. Y ten por seguro, que todo se va a solucionar. Y ahora, cuéntame esa historia que habéis venido a contarme, Layxzu.

Como podéis imaginaros, el mago Zoriac ya conocía aquella historia, pues los magos conocen muchas más cosas, de las que nosotros los humanos podemos imaginar. Sin embargo, quería que Layxzu hablara, pues le veía muy asustado.

Al terminar su relato Layxzu se quedó más tranquilo y buscó con sus ojos, la mirada tierna del anciano. Zoriac le abrió los brazos y le estrechó junto a su corazón, comprendiendo, que hacía mucho tiempo que aquella pequeña criatura, no había recibido un abrazo. Joxeiu se unió a ellos y los tres se llenaron de cariño.

Zoriac el mago, tenía un plan. Como en el interior de sus ropas, guardaba una flauta, cuando llegó la noche, la sacó y se la dio a Layxzu. Pues sabía que él traía de la aldea, la música adecuada. El niño comenzó a soplar el instrumento y a los pocos segundos, una música suave y dulcísimo inundaba el castillo. Aquella melodía, era conocida únicamente en la aldea de los Selbisivni, porque ellos la habían tomado del interior de un trozo de cielo, una noche en que la luna estaba redonda y plateada. Por eso, solo ellos la conocían. Y por ésa misma razón, podía adormecer a los extraños que la escucharan.

Joxeiu estuvo a punto de caer dormido, pero Zoriac le tomó la mano y despertó. El mago miró un instante a través de un ojo invisible que tenía en la frente y comprobó que todos en el castillo, estaban bajo los efectos de un profundo sueño, incluyendo al malvado Molkor.

Zoriac se quedó un instante quieto y deseó con todas sus fuerzas que se rompiera la cerradura de la puerta. Y al instante se produjo un sonido extraño y estalló la cerradura.

Los tres salieron de allí, pero Zoriac tenía algo muy importante que hacer.

Se dirigió a las habitaciones de Molkor y mientras éste dormía profundamente, Zoriac procedió a realizar uno de sus mágicos encantamientos. Así que tuvo una pócima preparada, la vertió sobre Molkor, pronunciando unas especiales palabras. Al instante Molkor quedó encerrado en una pequeñísima gota de agua, que Zoriac tomó con cuidad y echó al centro del lago.

Y allí sigue todavía, esperando a algún incauto que le libere.

Por fin, el mago Zoriac puso todo en orden, con la ayuda de sus pequeños amigos, desterrando a los traidores servidores de Molkor. Y liberando de los encantamientos a todos sus amigos. El mago de las Estaciones, que así se le llamaba a Zoriac, devolvió la luz a su castillo y la alegría a sus gentes.

Luego emprendió el viaje, junto a los dos niños, en busca del lugar donde nace el arco iris, para poder devolverle a Layxzu su forma natural.

Subidos en las alas de un águila real, volaron durante varios días. Y al fin, llegaron a una gruta cubierta por una catarata. Tuvieron que bajar una montaña y traspasar la cortina de agua, que cubría la cueva.

Y una vez dentro, siguieron un camino de piedras de aguamarina, que llegaba hasta la ladera de una montaña de coral y esmeraldas. Al salir de la gruta, una luz muy especial invadía las verdes praderas.

Los ríos eran bellos y transparentes. Y cantaban dulces canciones. Los pájaros revoloteaban alegres e impregnados de diversos y mágicos colores. Reinaba una paz extraordinaria.

Cuando llegaron al lugar justo donde estaba el nacimiento del arco iris, Zoriac tomó una de las cintas de color y la atrajo hacía él, revoloteando en el aire y enrollándose alrededor de Joxeiu. En aquellos momentos el muchacho contempló todo un mundo acuático desconocido. El color de la cinta era el azul y correspondía al mundo submarino. Toda la vida de los peces y demás animales del mar, la tenía Joxeiu delante de los ojos. delante de los ojos. Tan solo con estar envuelto, con la cinta azul del arco iris.

Al momento, Zoriac volvió a tomar con la punta de sus dedos, otra de las cintas. Era la rosa y correspondía al mundo del amor y de los niños. La atrajo, como la anterior hacía sí y revoloteando, le envolvió el cuerpo, esta vez a Layxzu. Este contempló boquiabierto, un mundo de fantasía e ilusión.

Era aquel un mundo que conocía perfectamente, realmente bello y rebosante de inocencia y maravillosos juegos.

Zoriac fue tomando y devolviendo cintas de arco iris. Los niños pudieron contemplar diversos mundos. Se enteraron de que la cinta de color gris correspondía al mundo de los humanos extremadamente razonables. Y la cinta del color del vuelo, era la poseedora del mundo de los humanos libres y conscientes. Pero había muchísimas cintas, tantas como mundos y universos nos pudiéramos imaginar.

La cinta del mundo de los Selbisivni era de un color muy chispeante y vivo iridiscente. Y una especie de pelusilla blanca, se encontraba a su alrededor. Zoriac hizo lo mismo que con las anteriores y envolvió a Layxzu con ella.

Después de contemplar su mundo, el muchacho sintió una rara sensación. De pronto se dio cuenta de que su cuerpo se estaba transformando, hasta que adquirió el tamaño y la forma real de un Selbisivni. Luego volvió al tamaño que tenía.

- Bien, ya puedes ser un Selbisivni. Ahora estás en condiciones de regresar a tu aldea y vivir con los tuyos. – dijo Zoriac mirando a Layxzu. Este se quedó pensativo.

- Sí, pero eso quiere decir que tendré que separarme de mi amigo Joxeiu, pues estando allí, él ya no podrá verme. Ni yo a él tampoco.

Al fin, habló por primera vez Layxzu, parecía que tenía algo importante que decir.

- A mí también me causa tristeza tener que separarme de ti Layxzu, pero creo que en tu mundo te pueden estar esperando.

Dijo Joxeiu con carita triste.

- Yo estoy solo, no tengo padres y casi no tengo amigos.... si Zoriac quiere me puedo quedar con él, me gustaría ser mago.

- Claro que si, muchacho. Serás como un hijo para mí. Te enseñaré todo aquello que desees de corazón aprender. Y en cuanto a no veros más, no estéis tan seguros, pues tú Joxeiu, cuando aprendas un poco la magia que se esconde en las estrellas, podrás venir y tomar igual que yo, la cinta del mundo de Layxzu e ir a visitarle.

- Eso será estupendo – dijo Joxeiu.

Layxzu abrazó a su amigo, sabiendo que volverían a verse en muchas más ocasiones. Algo triste sí, pero feliz, porque volvía a su aldea y no perdía a dos amigos, sino todo lo contrario. Siempre y en cualquier momento se podrían ver.

Se echó en los brazos del anciano mago, que le acarició el cabello tiernamente y le dijo.

- Hasta siempre querido Selbisivni, te llevaré en mi corazón.

Cuando concluyeron las despedidas, Zoriac atrajo hacía si la cinta que envolvía a Layxzu y éste, desapareció de aquel lugar, para encontrarse en otro muy deseado: la aldea de los Selbisivni.   FIN

LA ABEJA EMPRESARIA

DEDICADO *a mi padre Rafael que, sin duda – es mi fantasía - está en el Cielo jugando con los ángeles.*

Erase una vez una abeja reina empresaria, que tenía una fábrica. Bueno, yo creo que todas las abejas reina son empresarias de las colmenas de miel. Pero es que esta abeja era muy especial. Porque una vez nos hicimos muy buenos amigos. Esta reina tenía un buen número de trabajadores a su servicio, esto es, zánganos y otro tipo de abejas. Y era muy feliz, porque su producción era muy buena.

Pero retrocedamos un poco a los primeros tiempos, cuando empezó.

Esto era un país donde habitaban unos seres muy pequeños de color rojo llamados Ozmarnos y otros de color verde llamados Envipones y se hacían la guerra mutuamente, porque los unos eran pobres trabajadores y los otros los ricos que explotaban a los pobres en las fábricas y los campos. Y así nunca podían vivir en paz y tranquilos en su país. Pero eso no era lo peor. Lo malo era que a los niños les iban enseñando, conforme iban creciendo, la maldad y el odio para que siguiesen peleando toda la vida, en lugar de la bondad, el perdón, jugar o leer libros bonitos.

La abeja era pequeña y pertenecía al grupo de los Ozmarnos.

Pero se daba cuenta de esas cosas y no le gustaban, así que decidió por su cuenta estudiar mucho, para hacerse empresaria y así estar por encima de todas aquellas cosas que no le gustaban.

Se leyó muchos libros y por fin un día creció y se montó su primer taller de miel. Era pequeño, pero muy bonito y sobre todo estaba lleno de amor e ilusiones. Pensaba –yo no explotaré a los trabajadores, como las otras empresarias y así ya no habrá guerras entre los Ozmarnos y los Envipones, pues mis trabajadores Ozmarnos estarán asalariados justamente y no tendrán queja. Y así no tendrán motivo para irse a pelear.

Todo aquello que pensaba la abeja reina era muy bonito y comenzó a ponerlo en práctica. Cada día tenía más trabajadores a su servicio, por lo cual había menos personal que se dedicaba a las peleas. Y la gente comenzaba a sentirse feliz.

Los opresores ricos, o sea los Envipones, entonces, como no tenían muchas cosas que hacer, se dedicaron a construirse casas en las tierras donde trabajaban los Ozmarnos y claro, tal actitud no les gustó mucho a éstos y otra vez comenzaron las peleas.

Así estaba el país y nadie lo arreglaba.

Íntebu, que así se llamaba nuestra amiga la abeja, trataba de solucionar los problemas que más afectaban a sus trabajadores. Pues había algunos que, aunque trabajaban en su empresa, tenían su casa alquilada en la tierra de los Envipones. Y éstos les destrozaron todo para construirse sus propias casas grandes.

Los Envipones entonces empezaron a odiarle y trataban de hacerle la vida imposible. Pero Íntebu no les hacía caso y vivía feliz con sus familiares y amigos.

Pasó el tiempo y un día conoció a un zángano muy guapo.

Éste, intentó hacerse amigo de la abeja y en poco tiempo lo consiguió, porque Íntebu era muy cariñosa y confiada.

Lo malo de este asunto era que Malkor, pues así se llamaba el zángano, no era tal zángano en realidad, sino un mago maligno, que había venido con la misión de destruir a la Inocente Íntebu. Ya que ésta –no debía de seguir haciendo el bien, pues la ciudad - pensaban los Envipones - tiene que seguir regida por nosotros y no por extraños usurpadores que descienden de los Ozmarnos.

Así, se puso a trabajar Malkor en el corazón de Íntebu. Porque no sólo se puede hacer daño físicamente. También se puede destruir el alma. Por eso tenemos que tener mucho cuidado en saber discernir lo verdadero de lo falso. Y no creáis amiguitos que es tan fácil... Pero, sigamos.

En primer lugar, le mostró una apariencia de cariño, repleta de sonoridad y muestras de afecto. Y un día, anunciaron la boda. Íntebu se sentía muy feliz, pues se creía amada, pero pronto se dio cuenta de las malas artes de aquel zángano falso. Y su felicidad, poco a poco, se fue apagando a la luz de las largas noches de insomnio en la fábrica de miel.

Cada día, Malkor abría un mundo de artimañas y astucias delante del corazón de Íntebu, y ésta, aunque al principio intentaba salvaguardarse, poco a poco fue cayendo en las redes del malvado mago y comenzó a creer y a aprender de sus enseñanzas. El sentido común se le estaba durmiendo a Íntebu y ya no hacía nada por discernir lo verdadero de lo falso. Creía en las palabras de Malkor ciegamente. ¿Acaso por un hechizo de éste? Nadie lo sabe. Lo cierto es que el corazón de Íntebu comenzaba a enfriarse.

Poco tiempo después tuvieron hijitos, a los cuales educaba Malkor, enseñándoles todos los artilugios de que disponía, traídos... Dios sabe de qué lejanas tierras.

Íntebu, casi no se acercaba a los pequeños. Al principio sí, pero Malkor siempre intervenía en las demostraciones de cariño entre Íntebu y los pequeños, recalcando sus celos. Así que poco a poco, el miedo se fue apoderando de ella y por miedo a sus escenas violentas dejó de abrazar a sus pequeños.

El miedo era uno de esos artilugios o malas artes que trajo Malkor consigo y puso en las puertas del corazón de Íntebu. Y ésta dejó que entrara sin pensar en las consecuencias. Pero no sólo era el miedo lo que había dejado entrar Íntebu en su corazón.

Un poco de envidia, autosuficiencia y soledad hicieron una mezcla extraordinaria que daba como resultado una tristeza muy grande.

Íntebu empezó a cambiar, ya no trataba tan justamente a los trabajadores Ozmarnos. Se pasaba el día irritada, los hijitos la molestaban, las gentes le parecían importunas, los problemas de los demás le traían sin cuidado, hasta se alejaba de Malkor porque en su interior sabía que él, en gran parte había sido el causante de toda la revolución que se había organizado en su persona. Pero ya no podía dominarse, era tal la fuerza de atracción que el mago Malkor había ejercido sobre ella que ya no tenía fuerzas para echarse atrás. Se sentía agotada y vencida, dominada y sin fuerza alguna para luchar.

En un rinconcito de su corazón contemplaba a veces aquellos sueños de antaño. Sentía entonces que, en algún momento de su vida, hacía ya mucho tiempo, el corazón había estado repleto de cosas bellas y puras. Y que ahora, en aquellos precisos momentos, tenía que adentrarse a caminar durante largo rato si quería encontrarse con ese rinconcito pequeño, donde estaban como dormidas y olvidadas todas aquellas cosas que antes fueran suyas.

Se veía en aquel rinconcito como otro ser diferente a como era ahora. Allí, podía palpar aún el amor que hora estaba perdido. Y entonces le recorría como un escalofrío por todo el cuerpo. Realmente, echaba de menos aquella sensación tan placentera. Pero no se hacía el ánimo de luchar por ella. Sentía como si el miedo le hubiese paralizado el cuerpo entero. Y aquella tensión tan profunda no le dejase reaccionar.

Pasó el tiempo e Íntebu se hacía vieja, unos pelillos de plata caían sobre su frente y adornaban sus sienes. El paso de los años la habían agotado demasiado. Malkor seguía joven y fuerte, inflexible, ufano con la derrota de los demás, irrespetuoso con los otros seres y generoso para ofrecer su pócima de maldades a todo aquel que incauto, caía bajo sus redes.

Ya los hijos de Íntebu y Malkor, habían crecido y con las alas de la ilusión de los primeros años, se habían lanzado al vuelo de la vida. Llevaba cada uno sus propios sueños y mezcladas, muchas de las vivencias de sus padres. Cada uno por sí mismo abriría sus alas a nuevos firmamentos ¿quién sabe de qué colores y con qué músicas secretas?

Íntebu, ante la soledad y la tristeza cayó enferma y dejó de ser empresaria.

Un día, mientras estaba en la cama por causa de su enfermedad, comenzó a adentrarse hacia aquel rinconcito de su corazón que visitaba en tan contadas ocasione. Pero cuando se sintió en él, le pareció que le faltaba la respiración. ¡El espacio era tan pequeño! Entonces, empezó a comprender que tenía que haber sido más fuerte, tenía que haber luchado con todo su ser por aquello que era suyo. Aquel rinconcito tenía que haber crecido en lugar de menguado.

Y los sueños, la pureza, la bondad, el amor, la creatividad, los colores, la música, la verdad, la vida, en definitiva, tenían que haber sido alimentados para su correcto desarrollo. Sin embargo, allí estaban como semillas todavía, en aquel rincón del corazón, perdidos y abandonados, casi sin aliento. Como ella se encontraba ahora mismo.

Íntebu se dio cuenta de que lo verdaderamente hermoso que tenía de sí misma, no había crecido y por eso, no era feliz, por eso no sonreía ni tenía paz.

Creyó que ya era tarde para volver a empezar. Se sentía cansada, la enfermedad la dominaba. Y la voluntad de vivir la había abandonado.

No quería regresar, en aquel pequeño rincón se sentía bien. Era su alma, lo más hermoso de su alma que se encontraba allí. Y en un instante decidió morir. Ya no le importaba nada de este mundo.

Alejó totalmente de sí misma la voluntad de vivir y se sumergió entre los brazos de aquella tenue luz que se estremecía a su lado. Entonces penetró en la luz, se hizo luz. Miró a su alrededor y se hizo sueño de juventud. Danzó con aquella ola de amor y sintió que era más inmensa de lo que había pensado. Aquel rincón ya no era tal rincón, había desaparecido como por encanto el espacio. Ahora con una sensación de estar sumergida en la Nada y en todo.

Por un momento, a Íntebu le pareció tener alas. Pero al mirarse, comprobó que no eran alas, sino que estaba fundida con el Universo. Por un momento se vio nube y por otro, sol ardiente cayendo a trozos sobre la tierra.

Íntebu se asomó al valle y contempló un pájaro azul hermosísimo, que planeaba en el aire con un porte majestuoso. Un poco más hacia su derecha había otro pájaro hembra.

Los dos volaban en una misma dirección. Ambos dos, estaban un poco apartados de la bandada.

Pero la luz que seguían a través del espacio les guiaba y no podían perderse. La esperanza parecía renacer continuamente- pensó Íntebu- uniéndose a ellos en la luz y en el amor de la naturaleza.

Como el beso de las alas con el viento al volar, Íntebu renacía en pájaro de otro cielo.   FIN   1985

LA HORMIGA REINA
DEDICATORIA
"A mi hermana María Ana, por su coraje, y, gran voluntad para vivir la vida llevando con ella siempre la fe"
Con ese Amor eterno que nos une.

Había una vez una hormiga, que tenía cinco hormiguitas chiquititas.

La hormiga era muy laboriosa y le gustaba mucho viajar por el mundo. Aprender cosas nuevas y disfrutar de todo aquello que la vida le ofrecía.

Tenía mucho respeto por el Amor, pero un día un hombre le puso un grillete en un brazo y no la dejaba marchar.

Sin embargo, la hormiguita, luchó y luchó hasta liberarse de aquella opresión incomodada.

Siguió viajando por el ancho mundo y recogía trocitos de cielo de cada lugar a donde iba, y se los llevaba a sus hijitos, las pequeñas hormiguitas que desde que ella se marchara, la esperaban ansiosos en su pequeña casita.

Cuando se reunían de cuando en cuando, eran muy felices y todos se querían con un amor infinito.

Pasó el tiempo y algunas de las hormiguitas pequeñas, se habían hecho mayores e independientes.

Pero aún quedaban otras chiquitinas que había que alimentar y vestir y darles el trocito de cielo de cada lugar que visitaba la hormiguita mamá. Así que ésta siguió viajando, para poder dar el sustento necesario a sus pequeños piojitos.

Con el tiempo, la hormiguita viajera se hizo sabia, pero había algo que no podía conseguir, por más respeto que le tuviera y por más que se esforzaba en encontrarlo. Y era el amor. Había conocido a otras hormigonas, aparte del papá de sus hormiguitas, pero ninguno supo darle lo que ella esperaba y buscaba.

Por esa razón, a veces la hormiguita se ponía muy triste. Pero enseguida se le pasaba y seguía hacía adelante, sin que le importara otra cosa más que el bienestar de sus amados hijitos.

Un día, mientras la hormiguita viajaba, se equivocó de camino y cuando quiso darse cuenta, se hallaba en un lugar donde no había salida por ningún lado.

Ella se asustó por unos instantes, pero inmediatamente recuperó su gran talante y se puso a buscar la salida.

Se dio cuenta pronto de que, por más vueltas que le daba, no lograba más que girar en círculo y siempre llegaba al mismo lugar. Por lo visto, aquellas tierras eran de alguna hormiga poderosa y había previsto bien, que quien entrara en aquel lugar, no pudiera encontrar la salida fácilmente.

La hormiga se quedó un rato pensativa y tras varias noches a la intemperie, se dio cuenta de que aquel lugar no era tan terrible, pues al menos había qué comer y salía el sol todos los días...y podía respirar y dormir bajo un pequeño árbol que por allí había.

Sin embargo, la hormiguita echaba de menos a sus pequeñas hormiguitas y quería encontrar la salida de aquel lugar, para regresar a casa.

Pasaba el tiempo y como parecía imposible encontrar el camino de salida, se dijo.

Bueno, mientras esté aquí, no dejaré de buscar el camino de regreso a casa, pero observaré y aprenderé todo cuanto pueda, para llevarles otro trocito de cielo a mis pequeñines.
-

Y sucedió que mientras observaba, empezó a vislumbrar un jardín allá a lo lejos. Se fue caminando hacia él y tardó algunos días, pero al fin llegó y vio que era el jardín más bonito que había visto en su vida. Estaba lleno de flores de mil colores, miraras por donde miraras. Y la hierba era realmente verde y los árboles repletos de frutos exquisitos.

Pensó – Este es un lugar maravilloso, en donde me gustaría estar el resto de mi vida, junto con mis hijitos.

En aquel lugar había comida en abundancia, paz y amor. Y toda la naturaleza reinaba con una armonía excepcional. Las estrellas por la noche resplandecían con especial fulgor y la luna juguetona, reía a carcajadas, tomada de la mano del sol.

La hormiguita en aquel jardín no tenía que trabajar, pues podía alimentarse de los frutos que allí había, de cuanta hierba se le antojara, y beber el agua que quisiera, pues los riachuelos siempre traían agua, y de las hojas siempre caían gotitas de rocío al suelo, que se podían aprovechar para apagar la sed.

Además, había también un hermoso manantial, que regaba todo el jardín sin excepción.

En aquel lugar tan bello, parecía que no hubiera que trabajar, sin embargo, la hormiguita no se quedó ociosa. De cualquier cosa que contemplaba le surgía la inspiración y comenzó a crear en su mente un mundo como aquel donde poder vivir con otras hormiguitas de un modo fraterno y en completa libertad e igualdad de condiciones.

Se afianzó a la idea de que sería creadora de su propio mundo. Y se puso a reír pronto, porque había descubierto muchas cosas. Primero su imaginación inagotable, de la cual podía sacar bellos poemas y hermosas pinturas y decoraciones. Segundo, que aquel hermoso jardín, no era otra cosa que su propio corazón y su propia mente, que se había unificado en perfecta armonía, creando un estado de paz, de amor y de belleza interior, que se podía expresar en el mundo exterior a través de la creatividad. Y tercero, que por fin había encontrado el camino de vuelta hacía su casa, donde la esperaban sus pequeños.

Nada más hizo aquel descubrimiento, se puso en camino para regresar a casa y conforme iba dando pasos, se daba cuenta de que el Amor se hacía cada vez más grande y más hermoso en su corazón.

Comprendió que ninguna otra hormiga podía darle aquello que había descubierto ella. Aquel paraíso estaba en su interior y, por lo tanto, nadie podía ofrecérselo para ser feliz. Ni ella tampoco podía darlo a nadie, solo mostrarlo, hablar de él, ayudar a que otros lo encontrasen en sí mismos. Porque en cada corazón hay un paraíso y está repleto de amor. Y cuando se halla, es porque hemos encontrado nuestra otra mitad, que creíamos perdida.

Ninguna otra hormiga posee nuestra otra mitad. Solo en el interior de cada uno, están las dos mitades que forman un solo corazón una sola mente y un solo ser.

Por lo general, solemos perder de vista una de las dos mitades, y luego nos olvidamos de que estaba dentro de nosotros y nos pasamos gran parte de la vida buscándola en cualquier lugar y sobre todo en las demás hormigas. Pero no está allí. Nunca nos sentiremos completos si creemos que hemos hallado en otra hormiga nuestra otra mitad, o pensamos que estamos plenos.

Después de un tiempo, nos percatamos de que hemos pasado por una ilusión pasajera, porque volvemos de nuevo al vacío que teníamos, por no mirar ni caminar por donde debemos y no por donde nos parece, pensamos o nos dicen.

La hormiguita sentía su corazón pleno. Había encontrado su mitad y se había convertido en una "hormiga reina".

Se puso en marcha, caminó en dirección a su casa, que la estaban esperando sus pequeñas hormiguitas. Aunque ya habían crecido bastante. Y en poco tiempo llegó y todos se abrazaron felices y contentos.

Comenzaron una nueva vida de alegría, gozo y amor.

Y esto quiere decir que todo sirve para algo. Todas las experiencias de la vida nos enseñan. Con ellas aprendemos a valorar lo que tenemos o teníamos y a conocernos interiormente y sacar lo positivo y hermoso que hay dentro de nosotros.

Podemos comprendernos y perdonarnos. Y, por lo tanto, comprender y perdonar a los demás.

Pero, sobre todo, aprendemos a amar nosotros, desde nuestro propio corazón, a todos los seres vivos y a todas las cosas que se nos regalan. Porque formamos unidad con ellos. FIN

PD. -

Ah, cuando se reunieron todos, con tanta felicidad, había también otra hormiguita por allí, que se unió a ellos en la alegría, y que es la que escribe este cuento de Martín Sarmiento. Ahora sí que es el FIN.

18 abril de 1998

EL ROTO

Parece ser, que por fin se decidían a enterarse los científicos de lo que pasaba en el mundo. De lo que le pasaba a la Naturaleza.

Estaban realizando un viaje para ver el agujero de ozono, que se estaba produciendo en la atmósfera. Porque les parecía haber oído que la capa de la Tierra estaba dañada. Y querían comprobarlo por sí mismos.

Los científicos son muy importantes, algo así, como los sabios antiguos. Por eso a ellos, tenemos que hacerles caso en lo que digan. Su visión de las cosas, a pesar de que se pasen horas y horas encerrados entre fórmulas y libros, es muy importante.

Hacía tiempo que la voz de los científicos no se escuchaba. Y eso que la Naturaleza, hacía tiempo que estaba mostrando síntomas de enfermedad grave. Pero nada, ellos, enfrascados en sus números y computadoras, se estaban quedando calvos, sin ir a visitar a su enferma personalmente.

Sin embargo, he aquí la ocasión. Al fin se decidían a hacerle una visita.

Aunque fuera allá lejos. Es que, como siempre, todo el mundo se empeña en viajar un montón de kilómetros, para ver algo que realmente, y casi siempre, se tiene delante de las propias narices.

Si con haberse ido a fijar en el árbol de la esquina más próxima, se podían haber dado cuenta del estado grave que empieza a tener nuestra amiga Tierra.

Pero bueno, al menos se han decidido a salir de entre los números. Pero si han levantado la cabeza de ellos, conviene que sepan todo cuanto acontece. Sino estaremos perdidos.

Cuando llegaron a la Antártida, se bajaron del avión y se instalaron en cómodas tiendas de campaña. La verdad es que aquello estaba un poco solitario.

Y encontrarse de pronto, con el agujero del Mundo, no debía ser muy agradable.

Mira por donde la Tierra tenía una ventana – Pero la cosa no estaba para bromas, porque aquella ventana podía costar muchas vidas y quien sabe, si alguna alteración más consecuente, en su ya avanzado estado de convalecencia.

Bueno, vayamos a lo nuestro. Porque los científicos se han quedado solos. Sí, eso es.

Allí estaban, con sus enormes telescopios detecta agujeros. Lo miraban y remiraban para ver si podían encontrar el modo de arreglar aquel roto. Parecía como si fuese el descosido de una camisa. Pero claro, ellos nunca habían cosido camisas. ¿Cómo iban a saber de zurcidos y zarandajas? ¡Eso era cosa de mujeres...! Por más que miraron no le vieron apaño.

¡Ah, si mamá les hubiera enseñado el modo de coger una aguja! Aquello sería otro cantar, sin lugar a duda. Pero no, allí la realidad era que ninguno sabía siquiera enhebrar una aguja. Además, en caso de saber coser alguno, ¿se habían traído agujas e hilo para tal menester? ¡Pues no, la verdad es que nadie pensó que aquello fuese tan gordo!

En fin, después de aquello, parecía que las perspectivas para un mundo sano no eran muy halagüeñas; vamos, que no eran muy buenas.

Y los sabios regresaron. Eso si, todos muy pensativos. Y se encerraron en sus laboratorios para decidir lo que se había de hacer.

Al cabo de varios días, se encerraron de nuevo todos juntos en uno de los laboratorios, para unir sus ideas. Y al cabo de otros tantos días, salieron y anunciaron a los gobiernos.

- Hemos pensado – dijeron – que las mujeres son las que tienen que solucionar el problema. Pues ellas son las que manipulan los aerosoles. Si de ahora en adelante dejan de usarlos, no se fabricarán más.

Y si no se fabrican más, pues el agujero no crecerá y hasta es posible que se apañe solo.

¡Ya, ya! Eso de que se apañase solo, como no viniese un ángel costurero y se pusiese allí, dale que te pego...no me parecía a mí que, pero, en fin. Al menos le pusieron solución al dichoso agujerito, que ya estaba dando la lata demasiado tiempo.

Y mira por donde, las mujeres hacían falta en el mundo. Y lo habían dicho los científicos, que ya era alguien...y sobre todo importante. Algo así, como los sabios antiguos. Sí, creo que ya lo he dicho en otra ocasión. Pero vayamos al asunto que nos interesa, que aún no está terminado.

Las mujeres se reunieron todas y se pusieron a trabajar. Pero resulta, que como pasa en estos casos, cuando a la mujer no se la precisa, pues ella se hace un poco la sorda y parece que no se entera de nada.

Pero si se la requiere para algún menester, pues se entera de los pelos y señales del asunto que sea. Y claro, esto no iba a ser me-nos.

Se enteraron del diámetro del agujero en cuestión. De porqué se había roto. De cuánto tiempo llevaba así la pobre capa de la Tierra. Ah y no se quedó ahí todo, porque de paso, también preguntaron por la salud de los mares, de las montañas, de los ríos, de los árboles, etc.

Pero no quedaba ahí tampoco la cosa. Porque ellas, no precisaban estadísticas, ni ordenadores. No, ellas con su sentido maternal lo arreglaban todo.

Y la verdad es que, ya era hora de que se utilizara el sentido maternal, para sanar la Tierra. Y para muchas otras cosas que hacían falta sanar también.

Pues bien, cuando las mujeres fueron visitando a tales enfermos, se pusieron malas... sí, ¡se marearon!

- ¡Que desastre! – decían unas.

-Si esto da asco – argumentaban otras.

-Me parece a mí – dijo una enfadadísima – que esto, no teníamos que haberlo dejado nunca de la mano. Ya veis lo que han hecho los hombres en tan poco tiempo. Si es que son como críos. ¡No hay manera, no se les puede dejar solos!

-Bueno, ¡la verdad – dijo otra defendiéndolos un poco – es que a nosotras se nos había olvidado que teníamos una madre por aquí y también los hemos dejado a la buena de dios...!

Sí es cierto. Hace tiempo que no nos ocupamos de lo más importante, como son ellos los que mandan, pues nosotras a cuidarles y ya está.

- Esto da pena – alegó una, mientras miraba los peces muertos del río.

- ¡Pues ya está bien, si los hombres no saben gobernar, gobernaremos nosotras!

Y claro, como había tantas mujeres en el mundo, los hombres no las pudieron detener. Y unas de una manera y otras, de otra. Todas, absolutamente todas, empezaron a cambiar las cosas. Y no se guiaban más que de su instinto maternal, de su compasión y de su amor incondicional.

Para que no hubiera más problemas con la capa de ozono, dieron la orden de que no se fabricaran más productos que la dañaran e hicieron que cesaran las lluvias ácidas.

También dieron orden de que no patrullaran por el mar los petroleros. Al fin y al cabo, en la antigüedad no patrullaban y vivían bien.

Con menos adelantos tecnológicos, pero con culturas mucho más avanzadas que la nuestra.

Con el cese del petróleo, se acabaron muchas comodidades, ¡pero algo había que sacrificar!

Sin embargo, se compensaron muchas cosas con las energías naturales. Y la vida del planeta valía la pena.

Las gentes, sobre todo las mujeres, abandonaron el automóvil y caminaban a pie o en bicicleta. Sí, ya sé que es algo más cansado y lento, pero tenía sus ventajas, ya que se recuperó la noción de las "no prisas". Y con el no apresuramiento, llegó la tan deseada calma, que todos en sus fueros internos anhelaban. Además, mucha gente se veía mejor, porque caminaban juntas o iban en bicicleta al mismo tiempo y podían hablar, interesarse por sus problemas, salud o inquietudes. Aquello era algo que hacía tiempo se había perdido. Y todo por querer correr. Por querer llegar antes... ¿antes, a donde, correr para qué?

Si no te enterabas de que estabas viviendo ¿de que te servía vivir? También, con los nuevos modos se perdieron kilos. Sí, la gente se hizo más ágil. Y empezó de nuevo a desarrollar su hermoso sentido lúdico.

La intervención de las mujeres hizo que el mundo entrara en una auténtica revolución.

Y todo por un roto. Si llega a haber un descosido. (Esa frase la decía mi abuela, refiriéndose a las cosas que toman importancia, por una simple tontería). Como esto nuestro que tratamos ahora.

En poco tiempo la Tierra comenzó a cambiar. Cada ciudadano tenía el derecho y el deber de plantar un árbol en su vida. Y para ello se le daba el terreno y el árbol para efectuar la operación. Como al principio había muchos parados, pues casi todo el mundo se dedicaba a plantar árboles y no uno, sino varios.

Así que cada barrio de ciudad tenía un hermoso jardín, que cuidaban los vecinos. Se habían creado escuelas y talleres para adultos.

Y allí aprendían los mayores y trabajaban en lo que les gustaba realmente, para la comunidad, para sus convecinos, o para el País.

En los campos había mucho que hacer y como ya no había lluvia ácida, pues hacía falta mano de obra para cuidar la cosecha. Que era más o menos como se hacía antes del desastre.

Poco a poco se fueron recuperando muchas cosas. Claro que hubo que sacrificar otras, pero los humanos eran inteligentes y aprovecharon su avanzado estado de desarrollo intelectual, para obtener comodidades sin

necesidad de tener que causar dolencias a su entorno natural. También se prohibió la caza y que se mataran a los a los animales para alimento. Y eran respetadas incluso las flores más sencillas y silvestres.

Y al cabo de los años, no solo se había apañado el roto de la capa de ozono, sino que los mares estaban limpios y azules como nunca, incluso con nuevas y rebosantes especies marinas. Los bosques y los campos volvieron a tener árboles y animales en abundancia y como no se cazaba, los animales podían pasear tranquilamente y sin miedo junto al hombre. También llovía mucho más y poco a poco se restableció el ritmo natural del ecosistema.

Los ríos eran caudalosos, porque había agua abundante y por esta razón, estaba perfectamente limpia y se podía beber, sin necesidad de almacenarla, ni tratarla con elementos extraños.

El hombre trabajaba, pues para deshacer los enredos que había hecho, mira si tenía trabajo. Los parados ya no existían. Las personas se dedicaban a estudiar o trabajar en los talleres, las profesiones que más les agradaban, no las que más lucro producían, sino las que mejor correspondían a sus capacidades.

Los presos tampoco existían, de esa manera propiamente dicha. Sí, había personas que se las juzgaba por un delito cometido. Pero se les mandaba a unos lugares donde aprendían profesiones, o a valerse por sí mismos como adultos. Porque al fin y al cabo ése era su problema, que no habían resuelto su situación de niños, aunque ya fueran adultos. Se mantenían en contacto con la naturaleza y ellos mismos la cuidaban. Y se les enseñaba a estar estrechamente en contacto con su parte maternal, para no perderse de nuevo. Con todo ello y con el Silencio y la meditación, aprendían a respetarse y amarse a si mismos y a los demás.

Por supuesto no había guerras. El espíritu de competición y la agresividad se compensaban con los deportes. A las gentes les gustaban mucho los deportes. Desde tiempos muy remotos, que este tipo de ejercicios para mantener el cuerpo y el espíritu en forma, se han practicado. Y ahora todo el mundo tenía una oportunidad excepcional: la supresión de las guerras.

Estaba claro que con la falta de guerra hubo serios contratiempos. Las fábricas de armamentos pusieron el grito en el cielo.

Pero más les habría valido que lo hubieran puesto sobre el agujero de ozono, a ver si lo tapaban. Porque a las mujeres no las pudieron ablandar. Por más que se pusieron quejitas y llorones al respecto. Hasta quisieron hacerles la guerra, pero ellas indelebles, les trataron como lo que eran, unos niños mal criados y les propinaron su correspondiente reprimenda. No faltaría más. A los niños hay que educarles bien, que para eso son niños.

Cuando se hubo restablecido el orden, los hombres se dieron cuenta de lo que habían hecho las mujeres y del daño que había producido toda la humanidad, por el descontrol, por la falta de compasión y de sentimientos maternales hacía nuestra fuente natural. Y dejaron que la parte femenina de la humanidad siguiera gobernando.

Al poco tiempo, las mujeres empezaron a enseñar a los hombres otros secretos que guardaban en sus corazones desde la antigüedad.

Les enseñaron a conocerse a si mismos, a buscar la libertad dentro de su propio corazón. Esa era otra empresa difícil. Pero más difícil que cambiar el mundo, no creo que hubiera otra cosa. Y se consiguió. Con esfuerzo, con valor, con decisión, con voluntad.

Con miedo como con todo lo que se hace por crecer, pero con unas enormes ganas de ver los resultados positivos. De sentir de nuevo el latir de todos los seres vivos al unísono. De saber que ciertamente se ha trabajado por algo real.

Aquella fue la empresa más grande de toda la historia de la humanidad. Y ya veis, se realizó. ¡Pero que cosa más tonta! Como decía mi abuela. "Y todo por un roto, que si llega a ser un descosido".   - FIN

Nota de la autora: "Realmente es muy difícil – por no decir imposible - que todo el mundo se ponga al mismo tiempo en movimiento, para realizar un rotundo cambio en nuestro Mundo. Pero podremos lograr resultados muy positivos, si comenzamos a obrar en consecuencia, a un nivel de parcela más pequeño. Eso es sobre nosotros mismos. Seguro que los resultados tomarían gran envergadura porque, al fin y al cabo, nosotros, el hombre es al cosmos, como una célula al cuerpo humano. Y solo lograremos la unidad con el Todo a medida que avancemos personalmente. Sobre todo, de la mano de nuestra Amada Madre Interna."

AIRA Y LA ESENCIA DE LAS ESTRELLAS

Aira miraba el calendario, aún faltaban dos semanas para la Navidad. Pensaba en los dulces, en la llegada de Papá Noel, en el árbol lleno de luces y adornos, en los regalos. En que, por unos días, todos en la familia estarían nuevamente juntos, reunidos en casa de los abuelos.

Dormiría en la cama grande, entre los dos ancianos como todos los años. Eso le llenaba de felicidad. La verdad es que estaba algo exaltado, imbuido en su mundo fantástico y de bellos colores. Adivinaba ya los acontecimientos como si en ese mismo momento estuviesen ocurriendo.

Y papá, también estaría con él muchos días. Solo en vacaciones podía disfrutar de su compañía con verdadera tranquilidad, con gozo extraordinario ya que, normalmente casi nunca coincidían en casa debido al horario de su trabajo.

El niño embriagado de sueños contemplaba el belén casi terminado. Mamá le ayudaba durante el día a colocar alguna que otra pieza y si le faltaba musgo, nieve o alguna figurilla, iban juntos para ver si lo podían conseguir.

Iban al campo en busca de piedrecitas y troncos de palmera y, cerca de casa tenían el mar y podían proveerse de la cantidad de arena necesaria. Pusieron – como al azar – algunas conchas marinas y esparcidas por el pequeño riachuelo del belén.

Aira preparaba todo con cuidado y esmero. Trató de portarse lo mejor que pudo durante el resto del año, para no ser regañado. Con la ilusión de arrancar hojas del calendario, hasta que llegara la fecha… - ¡Ya falta menos! - Se decía.

Una noche, mientras dormía soñó con un personaje muy entrañable para él, soñó con Papá Noel.

Lo vio venir a través de su ventana abierta y montado en su trineo. Tras de sí dejaba algo muy brillante que, no podía imaginarse qué podría ser... era como si estuviesen enganchadas en el carro miles y miles de diminutas estrellas. Y que donde fuera siempre iban tras él y al pararse todos quedaban rodeados de ellas, envueltos en esa brillante luz jamás vista por los seres humanos, al menos de cerca.

- Hola Aira – Dijo Papá Noel. El niño quedó como sin habla, pero al rato pudo saludarle.

- Hola.

No te asustes pequeño, vengo a hacerte una visita y si quieres te puedo llevar con el trineo a dar un paseo.

- ¿Un paseo en tu trineo? ¡Uauuuu! ¡Eso es fantástico!

Subió al instante y ambos se alejaron hacia el cielo infinito, hacia donde no tienen sueño las estrellas, donde giran los planetas y, donde puede volar a sus anchas con su trineo Papá Noel, por supuesto.

- ¿Quieres detenerte en alguna estrella especial? – Preguntó el personaje vestido de rojo y nieve.

- Bueno, me gustaría ver... la Osa Mayor... ¡eso, la Osa Mayor!

Y hacia allá se fueron. Desde allí contemplaron cómo había estrellas por todo el alrededor. Contempló la Tierra y preguntó.

- ¿Ahí vivo yo, mis padres... los seres humanos?

- Sí, ahí es donde vives. Pero te he traído aquí porque tengo que darte una mala noticia. Posiblemente a tu corta edad no sabrás mucho sobre tu planeta, ni sobre los seres humanos adultos.

- Eh, que ya tengo...

- No me lo digas, sé los años que tienes, no olvides que yo lo contemplo todo desde aquí, desde el cielo... esta es mi residencia, además del Polo Norte y, mis amigas son las estrellas. Por eso llevo siempre pegado a mi trineo un poquito de su esencia, del polvillo que se desprende de ellas.

- Desde aquí te debes de enterar de muchas cosas – Dijo el niño en tono de pregunta.

- Ya lo creo. Pero lo que ocurre en la Tierra desde hace algún tiempo no me gusta nada. Verás, los hombres de tu planeta son inteligentes y tienen medios a su alcance para que todos los seres humanos que lo habitan sean felices y no pasen privaciones, pero no es así.

- ¿Qué quieres decir? No te comprendo.

- Aira, he ido a por ti porque, eres un niño abierto, listo y, me gustaría poner en ti mis esperanzas. Estas Navidades no voy a pasar por la Tierra, a menos que cambie la forma de actuar de los humanos.

- Pero ¿cómo? Eso no lo puedes hacer. Todos los niños de la Tierra te estamos esperando cada Navidad. Nosotros no somos responsables de lo que hacen nuestros mayores. ¿Es que con nosotros también estás enfadado?

- No, no es eso, no estoy enfadado. A vosotros los niños os quiero mucho, porque sois la esperanza de la humanidad, pero la mayoría de los niños se les corta las alas desde muy pequeños y, la esperanza se va perdiendo.

- ¿Y porqué no vas y le dices todo esto a los adultos?

- Es que los adultos ya no creen en Papá Noel y olvidaron sus sueños más bonitos. Y además no saben escuchar, es como si se estuvieran quedando sin oídos.

-Sí, tienes razón, la mayoría de las veces parece que están sordos.

- Aira, necesito que realices una labor muy importante. Verás, lo que te voy a pedir es muy sencillo. Tienes que reunir la mayor cantidad de niños posible y tienes que decirles que escriban en las pizarras de los colegios, en las paredes de las casas, en los suelos, en donde podáis, la siguiente frase: "ADULTOS, EL MUNDO LO TENÉIS AL REVÉS, PONERLO DEL DERECHO PUES DE LO CONTRARIO PAPÁ NOEL NO VENDRÁ ESTE AÑO".

- De acuerdo te ayudaré, pero puede que nos regañen.

Aira no esperó contestación, en un abrir y cerrar de ojos estaba de nuevo en su camita despertando de un largo y profundo sueño.

Todos los colegios, las casas, los suelos se llenaron de pintadas y cada vez se difundían más por todos los lugares de la Tierra.

Los adultos quedaron asombrados, decían que los niños estaban alterados debido a la llegada de las Navidades y, en resumen, no hacían caso.

Llegó la Navidad y Papá Noel no hizo acto de presencia, exactamente como habían anunciado los niños. La nieve tampoco legaba. Y, a nadie se le ocurría poner un solo adorno en las calles o casas porque ya empezaron a tomar un poco de miedo.

Y entonces, los adultos pensaron.

- Aquí ocurre algo. ¿Tendrán razón los niños y es que realmente el mundo lo tenemos al revés? Pero si fuera así no podemos permitir que, por nuestras creencias y errores, los niños no tengan Navidad. Pero ¿qué hacer?

Nadie hablaba, nadie sabía qué decir. De pronto, alguien insinuó.

- Si los niños dicen que el mundo está al revés, ellós deben de saber cómo hay que ponerlo al derecho.

Y se fueron a preguntar a los niños. Los niños entonces contestaron.

- Pues es muy fácil, cuando una cosa es fea o mala es porque está al revés y, para que se ponga al derecho solo hay que volverla bonita y buena.

- No te comprendemos – dijo un adulto.

- ¿Qué quieres decir? Explícate de un modo más sencillo, por favor.

- Lo que tenéis que hacer – Dijo Aira – es simplemente recordar cuando erais niños, para que nos podáis comprender. Mirar un poco más a los ancianos, tened el corazón abierto para entregar amor y para recibir las sensaciones de la vida. Adentraros en vosotros mismos para conoceros y para poder entregar lo mejor de vuestros corazones y mentes. No pensar tanto en las cosas materiales y equilibrar con las espirituales.

Los adultos estaban atónitos. La felicidad la tenían al alcance de la mano, delante de sus propias narices y no se habían dado cuenta. Muchos de ellos habían ido de un lado para otro buscando la felicidad desesperadamente y, ahora de pronto, un niño, un simple niño les decía que estaba en sus propios corazones. Sería cuestión de respirar profundamente y abrir el pecho hacía la vida para saborearla de cerca. Como tiene que ser.

De pronto, algo comenzó a caer sobre sus cabezas, eran los copos de nieve que llegaban con retraso, pero que allí estaban.

Papá Noel pensó que los niños habían cumplido bien su encargo. Los seres humanos no volverían el mundo del derecho en un abrir y cerrar de ojos, pero el primer paso ya estaba dado, la semilla puesta en los corazones más entregados. El hombre empezaba a comprender, a preguntarse cosas y a mirar a su alrededor, pero esta vez con los ojos bien abiertos, para poder sentir lo que se ve.

Esa misma noche, todos los niños recibieron sus regalos de Papá Noel junto con una promesa, que cada año un niño viajaría junto a él en su trineo para visitar el Cielo lleno de estrellas y sueños.

La nieve se iba espesando y entre ella algo muy especial pudo ver todo el mundo.

Algo muy brillante que nadie sabía qué era. Pero Aira y los demás niños sí que lo sabían. Reconocieron el polvillo de la estela que siempre acompañaba a Papá Noel.

- Posiblemente ha querido dejarnos algo verdaderamente valioso – Dijeron los niños. Y la esencia de las estrellas – para quien logra tomarla entre sus manos – es realmente valiosa.   FIN

GRACIAS CON TODO EL AMOR DE MI CORAZÓN por haber leído estos cuentos que, son fruto de una imaginación inquieta y, un anhelo logrado al reencontrarme día a día con la niña que fui un día y permanece gracias a la fantástica magia de la mano de la Vida.

Si quieres ponerte en contacto conmigo para darme tu opinión, alguna sugerencia o simplemente escribirme, estoy siempre a tu disposición a través de mi perfil de Facebook.

Te trasmito por este medio un abrazo muy fuerte con mi eterno Amor

                    Berta Carreres

Printed in Great Britain
by Amazon